悦读季国学榜

人间词话

RENJIAN CIHUA

［清］王国维◎著

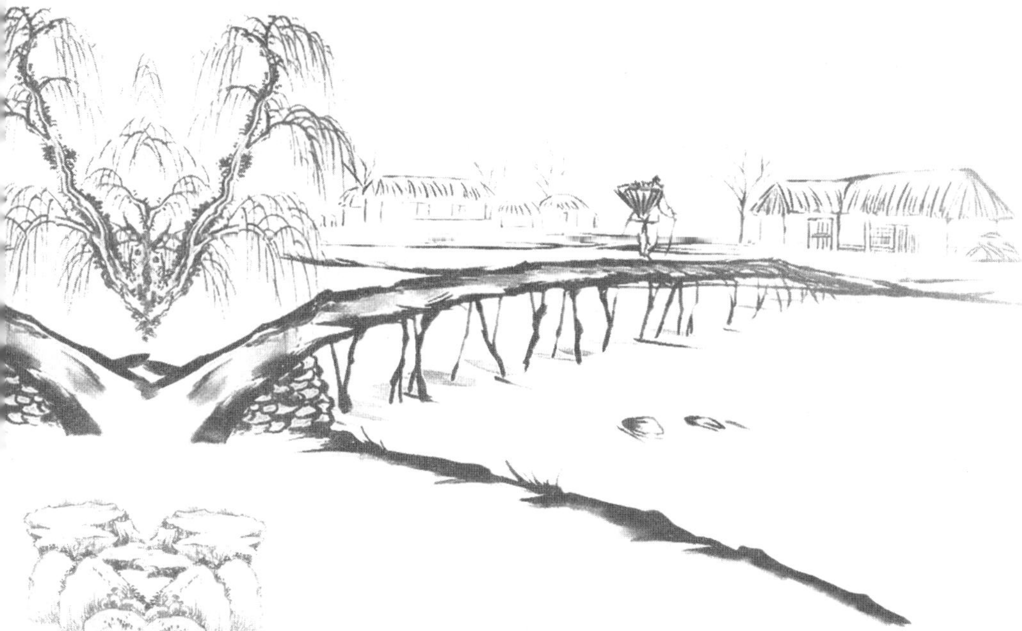

CHISO 新疆青少年出版社

图书在版编目（CIP）数据

人间词话 /(清) 王国维著. -- 乌鲁木齐 : 新疆青少年出版社, 2023.10
（悦读季国学榜）
ISBN 978-7-5590-9704-0

Ⅰ.①人… Ⅱ.①王… Ⅲ.①《人间词话》Ⅳ.①I207.23

中国国家版本馆CIP数据核字（2023）第149850号

人间词话
RENJIAN CIHUA

[清]王国维◎著

出版发行	新疆青少年出版社有限公司
社　　址	乌鲁木齐市北京北路29号
电　　话	0991—6239231（编辑部）
经　　销	各地新华书店
印　　刷	三河市金泰源印务有限公司
法律顾问	王冠华 18699089007
开　　本	787 mm×1092 mm　1/16
印　　张	11.5
版　　次	2023年10月第1版
印　　次	2024年1月第1次印刷
书　　号	ISBN 978-7-5590-9704-0
定　　价	45.00元

新疆青少年出版社有限公司官网　http://www.qingshao.net
新疆青少年出版社有限公司天猫旗舰店　http://xjqss.tmall.com

CHISO SINCE 1956 新疆青少年出版社

（版权所有，侵权必究）

赵之琛（1781—1852）元宵婴戏图

张大千（1899—1983）黄山观瀑图

贾岛《忆江上吴处士》：
闽国扬帆去，蟾蜍亏复圆。
秋风生渭水，落叶满长安。
此地聚会夕，当时雷雨寒。
兰桡殊未返，消息海云端。

韩玉《卜算子》： 杨柳绿成阴，初过寒食节。门掩金铺独自眠，那更逢寒夜。强起立东风，惨惨梨花谢。何事王孙不早归，寂寞秋千月。

罗聘（1733—1799）兰竹图

缪嘉蕙（清末民初）朝发图

林逋《点绛唇》：金谷年年，乱生春色谁为主。余花落处，满地和烟雨。又是离歌，一阕长亭暮。王孙去，萋萋无数。南北东西路。

王绩《野望》：东皋薄暮望，徙倚欲何依。树树皆秋色，山山唯落晖。牧人驱犊返，猎马带禽归。相顾无相识，长歌怀采薇。

高其佩（1672—1734）全福图

▶ 谢灵运《岁暮》：殷忧不能寐，苦此夜难颓。明月照积雪，朔风劲且哀。运往无淹物，年逝觉已催。

▼ 纳兰性德《长相思》：山一程，水一程，身向榆关那畔行，夜深千帐灯。风一更，雪一更，聒碎乡心梦不成，故园无此声。

程嘉燧（1565—1643）晴山疏影图

文徵明（1470—1559）郊原春风图

陶渊明《饮酒》：结庐在人境，而无车马喧。问君何能尔？心远地自偏。采菊东篱下，悠然见南山。山气日夕佳，飞鸟相与还。此中有真意，欲辨已忘言。

屈原《九章·涉江（节选）》：入溆浦余儃佪兮，迷不知吾所如。深林杳以冥冥兮，乃猿狖之所居。山峻高而蔽日兮，下幽晦以多雨。霰雪纷其无垠兮，云霏霏其承宇。哀吾生之无乐兮，幽独处乎山中。吾不能变心以从俗兮，固将愁苦而终穷。

八大山人（1626—1705）岁寒三友图

目录 contents

《人间词话》原稿卷首的题诗
戏效季英作口号诗

卷上
人间词话·· 001

卷下
人间词话未刊手稿······································· 069

附录
自编人间词话选··· 123
人间词话删稿··· 128
人间词话附录··· 133
人间词话补遗··· 142
王国维生平··· 157

《人间词话》原稿卷首的题诗

戏效季英作口号诗

舟过瞿塘东复东,竹枝声里杜鹃红。
白云低渡沧江去,巫峡冥冥十二峰。
朱楼高出五云间,落日凭阑翠袖寒。
寄语塞鸿休北度,明朝飞雪满关山。
夜深微雨洒帘栊,惆怅西园满地红。
秾李夭桃元自落,人间未免怨东风。
双阙凌霄不可攀,明河流向阙中间。
银灯一队经驰道,道是君王夜宴还。
雨后山泉百道飞,冥冥江树子规啼。
蜀山此去无多路,要为催人不得归。
十年肠断寄征衣,雪满天山未解围。
却听邻娃谈故事,封侯夫婿黑头归。

卷上 人间词话

〖壹〗词以境界为最上。有境界则自成高格,自有名句①。五代、北宋之词所以独绝者在此。

①"自成高格,自有名句",初稿为"不期工而自工"。

蝶恋花

〔宋〕欧阳修

庭院深深深几许?杨柳堆烟,帘幕无重数。玉勒雕鞍游冶处,楼高不见章台路。

雨横风狂三月暮。门掩黄昏,无计留春住。泪眼问花花不语,乱红飞过秋千去。

〖贰〗有造境,有写境,此理想与写实二派之所由分。然二者颇难分别。因大诗人所造之境,必合乎自然,所写之境,亦必邻于理想故也。①

①原稿上,这则词话的大多数字旁边都加圈。

踏莎行

〔宋〕秦观

雾失楼台,月迷津渡,桃源望断无寻处。可堪孤馆闭春寒,杜鹃声里斜阳暮。

驿寄梅花,鱼传尺素,砌成此恨无重数。郴江幸自绕郴山,为谁流下潇湘去?

〖叁〗有有我之境，有无我之境。"泪眼问花花不语，乱红飞过秋千去"欧阳修《蝶恋花》、"可堪孤馆闭春寒，杜鹃声里斜阳暮"秦观《踏莎行》，有我之境也。"采菊东篱下，悠然见南山"陶渊明《饮酒》、"寒波淡淡起，白鸟悠悠下"元好问《颖亭留别》，无我之境也。有我之境，以我观物，故物皆著我之色彩。无我之境，以物观物，故不知何者为我，何者为物①。古人为词，写有我之境者为多，然未始不能写无我之境，此在豪杰之士能自树立耳。

①原稿在"何者为物"下删去："此即主观诗与客观诗之所由分也。"

饮酒

〔晋〕陶渊明

结庐在人境，而无车马喧。
问君何能尔，心远地自偏。
采菊东篱下，悠然见南山。
山气日夕佳，飞鸟相与还。
此中有真意，欲辨已忘言。

〖肆〗无我之境,人惟于静中得之。有我之境,于由动之静时得之。故一优美,一宏壮也。①

①原稿上,这则词话的每个字旁都加圈。

颖亭留别

〔金〕元好问

故人重分携,临流驻归驾。
乾坤展清眺,万景若相借。
北风三日雪,太素秉元化。
九山郁峥嵘,了不受陵跨。
寒波淡淡起,白鸟悠悠下。
怀归人自急,物态本闲暇。
壶觞负吟啸,尘土足悲咤。
回首亭中人,平林淡如画。

〖伍〗自然中之物,互相关系,互相限制①。然其写之于文学及美术②中也,必遗其关系、限制之处③。故虽写实家,亦理想家也。又虽如何虚构之境,其材料必求之于自然,而其构造,亦必从自然之法则。故虽理想家,亦写实家也。

①原稿以下有:"故不能有完全之美。"
②原稿无"及美术"三字。
②原稿以下删去"或遗其一部"。

水槛遣心

〔唐〕杜甫

去郭轩楹敞,无村眺望赊。
澄江平少岸,幽树晚多花。
细雨鱼儿出,微风燕子斜。
城中十万户,此地两三家。

〖陆〗境非独谓景物也。喜怒哀乐①,亦人心中之一境界。故能写真境物、真感情者,谓之有境界;否则谓之无境界。

①"喜怒哀乐"四字,原稿上为"感情"。

玉楼春

〔宋〕宋祁

东城渐觉风光好,縠皱波纹迎客棹。
绿杨烟外晓寒轻,红杏枝头春意闹。
浮生长恨欢娱少,肯爱千金轻一笑。
为君持酒劝斜阳,且向花间留晚照。

〖柒〗"红杏枝头春意闹"宋祁《玉楼春》,著一"闹"字,而境界全出。"云破月来花弄影"张先《天仙子》,著一"弄"字而境界全出矣。

天仙子

〔宋〕张先

《水调》数声持酒听,午醉醒来愁未醒。送春春去几时回?临晚镜,伤流景,往事后期空记省。

沙上并禽池上暝,云破月来花弄影。重重翠幕密遮灯,风不定,人初静,明日落红应满径。

〖捌〗境界有大小,不以是而分优劣①。"细雨鱼儿出,微风燕子斜"杜甫《水槛遣心》,何遽不若"落日照大旗,马鸣风萧萧"杜甫《后出塞》。"宝帘闲挂小银钩"秦观《浣溪沙》,何遽不若"雾失楼台,月迷津渡"秦观《踏莎行》也。

①"优劣"原稿为"高下"。

后出塞

〔唐〕杜甫

朝进东门营,暮上河阳桥。
落日照大旗,马鸣风萧萧。
平沙列万幕,部伍各见招。
中天悬明月,令严夜寂寥。
悲笳数声动,壮士惨不骄。
借问大将谁?恐是霍嫖姚。

〖玖〗严沧浪严羽《诗话》谓:"盛唐诸公,唯在兴趣。羚羊挂角,无迹可求。故其妙处,透彻玲珑,不可凑拍。如空中之音、相中之色、水中之影、镜中之象,言有尽而意无穷。"余谓北宋以前之词,亦复如是。然沧浪所谓兴趣,阮亭所谓神韵,犹不过道其面目,不若鄙人拈出"境界"二字,为探其本也。

浣溪沙

〔宋〕秦观

漠漠轻寒上小楼,晓莺无赖似穷秋,淡烟流水画屏幽。

自在飞花轻似梦,无边丝雨细如愁,宝帘闲挂小银钩。

〖壹〇〗太白李白纯以气象胜。"西风残照,汉家陵阙"《忆秦娥》,寥寥八字,遂关千古登临之口①。后世唯范文正范仲淹之《渔家傲》,夏英公夏竦之《喜迁莺》,差足继武,然气象已不逮矣。

①原稿此句为"独有千古"。

忆秦娥

〔唐〕李白

箫声咽,秦娥梦断秦楼月。秦楼月,年年柳色,灞陵伤别。

乐游原上清秋节,咸阳古道音尘绝。音尘绝,西风残照,汉家陵阙。

〖壹壹〗张皋文张惠言谓：飞卿温庭筠之词，"深美闳约"。余谓：此四字唯冯正中足以当之。刘融斋刘熙载谓："飞卿温庭筠精艳绝人"，差近之耳。

渔家傲

[宋]范仲淹

塞下秋来风景异，衡阳雁去无留意。四面边声连角起，千嶂里，长烟落日孤城闭。

浊酒一杯家万里，燕然未勒归无计。羌管悠悠霜满地，人不寐，将军白发征夫泪。

〖壹贰〗"画屏金鹧鸪"《更漏子》，飞卿温庭筠语也，其词品似之。"弦上黄莺语"《菩萨蛮》，端己韦庄语也，其词品亦似之。正中①冯延巳词品，若欲于其词句中求之，则"和泪试严妆"《菩萨蛮》，殆近之欤？

①原稿此处为："'莫雨潇潇郎不归'，当是古词，未必即白傅所作。故白诗云：'吴娘夜雨潇潇曲，自别苏州更不闻'。"后删去。

更漏子

〔唐〕温庭筠

柳丝长，春雨细，花外漏声迢递。惊塞雁，起城乌，画屏金鹧鸪。

香雾薄，透帘幕，惆怅谢家池阁。红烛背，绣帘垂，梦长君不知。

〖壹叁〗南唐中主李璟词:"菡萏香销翠叶残,西风愁起绿波间"《山花子》,大有众芳芜秽,美人迟暮之感。乃古今独赏其"细雨梦回鸡塞远,小楼吹彻玉笙寒"。《山花子》故知解人正不易得。

山花子

〔南唐〕李璟

菡萏香销翠叶残,西风愁起绿波间。还与韶光共憔悴,不堪看。

细雨梦回鸡塞远,小楼吹彻玉笙寒,多少泪珠无限恨,倚阑干。

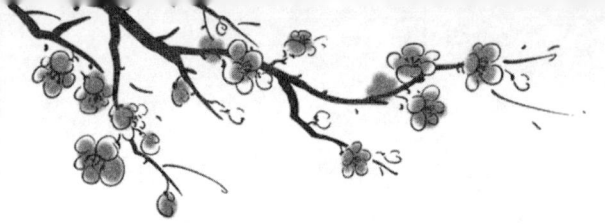

〖壹肆〗温飞卿温庭筠之词,句秀也。韦端己韦庄之词,骨秀也。李重光李煜之词,神秀也。

喜迁莺

〔宋〕夏竦

霞散绮,月沉钩,帘卷未央楼。夜凉银汉截天流,宫阙锁清秋。

瑶台树,金茎露,凤髓香和烟雾。三千珠翠拥宸游,水殿按《凉州》。

〖壹伍〗词至李后主李煜而眼界始大，感慨遂深，遂变伶工之词而为士大夫之词。周介存置诸温、韦之下，可谓颠倒黑白矣。"自是人生长恨水长东"《相见欢》，"流水落花春去也，天上人间"《浪淘沙》，《金荃》、《浣花》能有此气象耶？

相见欢

〔南唐〕李煜

林花谢了春红，太匆匆。无奈朝来寒雨晚来风。

胭脂泪，相留醉，几时重？自是人生长恨水长东。

〖壹陆〗词人者,不失其赤子之心者也。故生于深宫之中,长于妇人之手,是后主李煜为人君所短处,亦即为词人所长处。①

①原稿下删:"故后主之词,天真之词也。他人人工之词也。"

浪淘沙

〔南唐〕李煜

帘外雨潺潺,春意阑珊,罗衾不耐五更寒。梦里不知身是客,一晌贪欢。

独自莫凭阑,无限江山,别时容易见时难。流水落花春去也,天上人间。

〖壹柒〗客观之诗人，不可不多阅世①。阅世愈深，则材料愈丰富，愈变化，《水浒》、《红楼梦》之作者是也。主观之诗人，不必多阅世。阅世愈浅，则性情愈真，李后主李煜是也。

①原稿先作"不可不知世事"。后改为"不可不阅世"。

菩萨蛮

〔五代前蜀〕韦庄

红楼别夜堪惆怅，香灯半卷流苏帐，残月出门时，美人和泪辞。

琵琶金翠羽，弦上黄莺语，劝我早归家，绿窗人似花。

〖壹捌〗尼采谓:"一切文学,余爱以血书者。"后主李煜之词,真所谓以血书者也。宋道君皇帝赵佶《燕山亭》词亦略似之。然道君不过自道身世之戚,后主李煜则俨有释迦、基督担荷人类罪恶之意,其大小固不同矣。

燕山亭

〔宋〕赵佶

裁剪冰绡,轻叠数重,淡著燕脂匀注。新样靓妆,艳溢香融,羞杀蕊珠宫女。易得凋零,更多少、无情风雨。愁苦。问院落凄凉,几番春暮。

凭寄离恨重重,这双燕,何曾会人言语。天遥地远,万水千山,知他故宫何处。怎么不思量,除梦里、有时曾去。无据。和梦也、新来不做。

〖壹玖〗冯正中冯延巳词虽不失五代风格而堂庑特大,开北宋一代风气①。与中、后二主李璟、李煜词皆在《花间》范围之外,宜《花间集》中不登其只字也。

①原稿以下为:"中、后二主皆未逮其精诣,《花间》于南唐人词中虽录张泌作而独不登正中只字,岂当时文采为功名所掩耶?"

菩萨蛮

〔南唐〕冯延巳

娇鬟堆枕钗横凤,溶溶春水杨花梦。红烛泪阑干,翠屏烟浪寒。

锦壶催画箭,玉佩天涯远。和泪试严妆,落梅飞晓霜。

〖贰〇〗正中冯延巳词除《鹊踏枝》、《菩萨蛮》十数阕最煊赫外,如《醉花间》之"高树鹊衔巢,斜月明寒草",余谓:韦苏州韦应物之"流萤渡高阁"《寺居独夜寄崔主簿》、孟襄阳孟浩然之"疏雨滴梧桐"王士源《孟浩然集序》引,不能过也。

醉花间

〔南唐〕冯延巳

晴雪小园春未到,池边梅自早。高树鹊衔巢,斜月明寒草。

山川风景好,自古金陵道。少年看却老。相逢莫厌醉金杯,别离多,欢会少。

〖贰壹〗欧九欧阳修《浣溪沙》词:"绿杨楼外出秋千。"晁补之晁无咎谓:只一"出"字,便后人所不能道。余谓:此本于正中冯延巳《上行杯》词"柳外秋千出画墙",但欧语尤工耳。

浣溪沙

〔宋〕欧阳修

堤上游人逐画船,拍堤春水四垂天,绿杨楼外出秋千。

白发戴花君莫笑,《六幺》催拍盏频传,人生何处似尊前。

〖贰贰〗梅圣俞梅尧臣《苏幕遮》词:"落尽梨花春又了。满地残阳,翠色和烟老。"刘融斋刘熙载谓:少游一生似专学此种。余谓:冯正中冯延巳《玉楼春》词:"芳菲次第长相续,自是情多无处足。尊前百计得春归,莫为伤春眉黛促。"永叔欧阳修一生似专学此种。

苏幕遮

〔宋〕梅尧臣

露堤平,烟墅杳。乱碧萋萋,雨后江天晓。独有庾郎年最少。窣地春袍,嫩色宜相照。

接长亭,迷远道。堪怨王孙,不记归期早。落尽梨花春又了。满地残阳,翠色和烟老。

〖贰叁〗人知和靖林逋《点绛唇》、圣俞梅尧臣《苏幕遮》、永叔欧阳修《少年游》三阕为咏春草绝调。不知先有正中冯延巳"细雨湿流光"《南乡子》五字,皆能摄①春草之魂者也。

①"摄"字初稿为"得",后改成"写",最后改为"摄"。

点绛唇

〔宋〕林逋

金谷年年,乱生春色谁为主。余花落处,满地和烟雨。

又是离歌,一阕长亭暮。王孙去,萋萋无数。南北东西路。

〖贰肆〗《诗·蒹葭》一篇,最得风人深致。晏同叔晏殊之"昨夜西风凋碧树。独上高楼,望尽天涯路"《鹊踏枝》意颇近之。但一洒落,一悲壮耳。

蒹葭

《诗经·秦风》

蒹葭苍苍,白露为霜。所谓伊人,在水一方。
溯洄从之,道阻且长。溯游从之,宛在水中央。
蒹葭萋萋,白露未晞。所谓伊人,在水之湄。
溯洄从之,道阻且跻。溯游从之,宛在水中坻。
蒹葭采采,白露未已。所谓伊人,在水之涘。
溯洄从之,道阻且右。溯游从之,宛在水中沚。

〖贰伍〗"我瞻四方,蹙蹙靡所骋"《诗经·小雅·节南山》,诗人之忧生也。"昨夜西风凋碧树。独上高楼,望尽天涯路"晏殊《鹊踏枝》似之。"终日驰车走,不见所问津"陶渊明《饮酒》之二十,诗人之忧世也。"百草千花寒食路。香车系在谁家树",冯延巳《鹊踏枝》似之。

饮酒 之二十

〔晋〕陶渊明

羲农去我久,举世少复真。汲汲鲁中叟,弥缝使其淳。

凤鸟虽不至,礼乐暂得新。洙泗辍微响,漂流逮狂秦。

诗书复何罪,一朝成灰尘。区区诸老翁,为事诚殷勤。

如何绝世下,六籍无一亲!终日驰车走,不见所问津。

若复不快饮,空负头上巾。但恨多谬误,君当恕醉人。

〖贰陆〗古今之成大事业、大学问者,必经过三种之境界:"昨夜西风凋碧树。独上高楼,望尽天涯路"晏殊《鹊踏枝》,此第一境也。"衣带渐宽终不悔,为伊消得人憔悴"欧阳修《蝶恋花》,柳永《凤栖梧》①,此第二境也。"众里寻他千百度,回头蓦见,那人正在灯火阑珊处"辛弃疾《青玉案》,此第三境也②。此等语皆非大词人不能道。然遽以此意解释诸词,恐为晏、欧诸公所不许也。

①此二句历代系为柳永《凤栖梧》,然欧阳修词集中亦有此词,作《蝶恋花》(《凤栖梧》为别名),只个别文字略异。再观卷下"《人间词话》未刊手稿"第16条和第43条,王国维以此二句为欧阳修之词句。

②"第一境"、"第二境"、"第三境"原稿为"第一境界"、"第二境界"、"第三境界"。

凤栖梧

〔宋〕柳永

伫立危楼风细细,望极春愁,黯黯生天际。草色烟光残照里,无言谁会凭栏意。

拟把疏狂图一醉,对酒当歌,强乐还无味。衣带渐宽终不悔,为伊消得人憔悴。

蝶恋花

〔宋〕欧阳修

独倚危楼风细细,望极离愁,黯黯生天际。草色山光残照里,无人会得凭栏意。

也拟疏狂图一醉,对酒当歌,强饮还无味。衣带渐宽都不悔,况伊销得人憔悴。

〖贰柒〗永叔欧阳修"人生自是有情痴,此恨不关风与月"、"直须看尽洛城花,始共春风容易别"《玉楼春》,于豪放之中有沉著之致,所以尤高。

玉楼春

〔宋〕欧阳修

尊前拟把归期说,未语春容先惨咽。人生自是有情痴,此恨不关风与月。

离歌且莫翻新阕,一曲能教肠寸结。直须看尽洛城花,始共春风容易别。

〖贰捌〗冯梦华《宋六十一家词选·序例》谓:"淮海秦观、小山晏几道,古之伤心人也。其淡语皆有味,浅语皆有致。"余谓:此唯淮海足以当之。小山矜贵有余,但①可方驾子野张先、方回贺铸,未足抗衡淮海也。

①原稿"但"字后为:"稍胜方回耳。古人以秦七、黄九或小晏、秦郎并称,不图老子乃与韩非同传。"

鹊踏枝

〔宋〕晏殊

槛菊愁烟兰泣露。罗幕轻寒,燕子双飞去。明月不谙离恨苦,斜光到晓穿朱户。

昨夜西风凋碧树。独上高楼,望尽天涯路。欲寄彩笺兼尺素,天长水阔知何处。

〖贰玖〗少游秦观词境,最为凄婉。至"可堪孤馆闭春寒,杜鹃声里斜阳暮"《踏莎行》,则变而凄厉矣。东坡苏轼赏其后二语,犹为皮相。

寺居独夜寄崔主簿

〔唐〕韦应物

幽人寂不寐,木叶纷纷落。
寒雨暗深更,流萤渡高阁。
坐使青灯晓,还伤夏衣薄。
宁知岁方晏,离居更萧索。

〖叁〇〗"风雨如晦,鸡鸣不已"《诗经·郑风·风雨》、"山峻高以蔽日兮,下幽晦以多雨。霰雪纷其无垠兮,云霏霏而承宇"屈原《楚辞·九章·涉江》、"树树皆秋色,山山唯落晖"王绩《野望》、"可堪孤馆闭春寒,杜鹃声里斜阳暮"秦观《踏莎行》,气象皆相似。

风雨

《诗经·郑风》

风雨凄凄,鸡鸣喈喈。既见君子,云胡不夷?
风雨潇潇,鸡鸣胶胶。既见君子,云胡不瘳?
风雨如晦,鸡鸣不已。既见君子,云胡不喜?

〖叁壹〗昭明太子萧统称,陶渊明诗"跌宕昭彰,独超众类。抑扬爽朗,莫之与京",王无功王绩称,薛收赋"韵趣高奇,词义晦远。嵯峨萧瑟,真不可言",词中惜少此二种气象,前者惟东坡苏轼,后者惟白石姜夔,略得一二耳。

九章·涉江（节选）

〔战国〕屈原

入溆浦余儃佪兮,迷不知吾所如;深林杳以冥冥兮,乃猿狖之所居。山峻高以蔽日兮,下幽晦以多雨;霰雪纷其无垠兮,云霏霏其承宇。哀吾生之无乐兮,幽独处乎山中;吾不能变心以从俗兮,固将愁苦而终穷。

〖叁贰〗词之雅郑,在神不在貌①。永叔欧阳修、少游秦观虽作艳语,终有品格。方之美成周邦彦,便有淑女②与倡伎之别。

①"在神不在貌",最初写成"在神理不在骨相",后改。
②"淑女",原稿为"贵妇人"。

野望

〔唐〕王绩

东皋薄暮望,徙倚欲何依?
树树皆秋色,山山唯落晖。
牧人驱犊返,猎马带禽归。
相顾无相识,长歌怀采薇。

〖叁叁〗美成周邦彦词深远之致不及欧欧阳修、秦秦观，唯言情体物，穷极工巧，故不失为第一流之作者；但恨创调之才多，创意之才少耳。

上行杯

〔南唐〕冯延巳

落梅著雨消残粉，云重烟轻寒食近。罗幕遮香，柳外秋千出画墙。

春山颠倒钗横凤，飞絮入帘春睡重。梦里佳期，只许庭花与月知。

〖叁肆〗词忌用①替代字。美成周邦彦《解语花》之"桂华流瓦",境界极妙;惜以"桂华"二字代"月"耳。梦窗吴文英以下,则用代字更多。其所以然者,非意不足,则语不妙也。盖意足则不暇代,语妙则不必代。此少游秦观之"小楼连苑"、"绣毂雕鞍"《水龙吟》所以为东坡苏轼所讥也。

① "忌用"原稿为"最忌用"。

解语花

〔宋〕周邦彦

风销焰蜡,露浥烘炉,花市光相射。桂华流瓦。纤云散,耿耿素娥欲下。衣裳淡雅。看楚女、纤腰一把。箫鼓喧、人影参差,满路飘香麝。

因念都城放夜。望千门如昼,嬉笑游冶。钿车罗帕。相逢处,自有暗尘随马。年光是也。唯只见、旧情衰谢。清漏移,飞盖归来,从舞休歌罢。

〖叁伍〗沈伯时沈义父《乐府指迷》云:"说桃不可直说破桃,须用'红雨'、'刘郎'等字,咏柳不可直说破柳,须用'章台'、'灞岸'等字。"若惟恐人不用代字者。果以是为工,则古今类书具在,又安用词为耶?宜其为《提要》《四库提要》所讥也。

水龙吟

〔宋〕秦观

小楼连苑横空,下窥绣毂雕鞍骤。朱帘半卷,单衣初试,清明时候。破暖轻风,弄晴微雨,欲无还有。卖花声过尽,斜阳院落,红成阵、飞鸳甃。

玉佩丁东别后,怅佳期、参差难又。名缰利锁,天还知道,和天也瘦。花下重门,柳边深巷,不堪回首。念多情,但有当时皓月,向人依旧。

〖叁陆〗美成周邦彦《苏幕遮》词:"叶上初阳干宿雨。水面清圆,一一风荷举。"此真能得荷之神理者。觉白石姜夔《念奴娇》、《惜红衣》二词,犹有隔雾看花之恨。

苏幕遮

〔宋〕周邦彦

燎沉香,消溽暑。鸟雀呼晴,侵晓窥檐语。叶上初阳干宿雨。水面清圆,一一风荷举。

故乡遥,何日去?家住吴门,久作长安旅。五月渔郎相忆否?小楫轻舟,梦入芙蓉浦。

〖叁柒〗东坡苏轼《水龙吟》咏杨花,和韵而似原唱①。章质夫章楶词《水龙吟》,原唱而似和韵。才之不可强也如是!

①原稿初写为"首创"后改为"原唱"。

水龙吟

〔宋〕苏轼

似花还似非花,也无人惜从教坠。抛家傍路,思量却是,无情有思。萦损柔肠,困酣娇眼,欲开还闭。梦随风万里,寻郎去处,又还被、莺呼起。

不恨此花飞尽,恨西园落红难缀。晓来雨过,遗踪何在?一池萍碎。春色三分,二分尘土,一分流水。细看来,不是杨花点点,是离人泪。

〖叁捌〗咏物之词,自以东坡苏轼《水龙吟》①为最工,邦卿史达祖《双双燕》次之。白石姜夔"暗香"、"疏影"格调虽高②,然无一语道著,视古人"江边一树垂垂发"③杜甫《和裴迪登蜀州东亭送客逢早梅相忆见寄》等句何如耶?

①原稿下有"咏杨花"三字。
②以下最初为:"而情味索然,乃古今均视为名作,不可解也。试读林君复、梅圣俞'春草'诸词何如耶?""情味索然"四字曾改为"境界极浅"。
③此句后,原稿为:"'竹外一枝斜更好'、'疏影横斜水清浅'等作何如耶?"

双双燕

〔宋〕史达祖

过春社了,度帘幕中间,去年尘冷。差池欲住,试入旧巢相并。还相雕梁藻井。又软语、商量不定。飘然快拂花梢,翠尾分开红影。

芳径。芹泥雨润。爱贴地争飞,竞夸轻俊。红楼归晚,看足柳昏花暝。应自栖香正稳。便忘了、天涯芳信。愁损翠黛双蛾,日日画栏独凭。

〖叁玖〗白石姜夔写景之作,如"二十四桥仍在,波心荡、冷月无声"《扬州慢》、"数峰清苦,商略黄昏雨"《点绛唇》、"高树晚蝉,说西风消息"《惜红衣》,虽格韵高绝,然如雾里看花,终隔一层。梅溪①史达祖、梦窗吴文英诸家写景之病,皆在一"隔"字。北宋风流,渡江遂绝。抑真有运会②存乎其间耶?

①"梅溪"下原有:"《绮罗香》'咏春雨'亦然,皆未得五代、北宋人自然之妙。"
②"运会",原稿作"风会"。

扬州慢

〔宋〕姜夔

淮左名都,竹西佳处,解鞍少驻初程。过春风十里,尽荠麦青青。自胡马、窥江去后,废池乔木,犹厌言兵。渐黄昏,清角吹寒,都在空城。

杜郎俊赏,算而今、重到须惊。纵豆蔻词工,青楼梦好,难赋深情。二十四桥仍在,波心荡、冷月无声。念桥边红药,年年知为谁生?

〖肆〇〗问"隔"与"不隔"之别，曰：~~陶~~陶渊明、~~谢~~谢灵运之诗不隔，延年颜延之则稍隔矣①。东坡苏轼之诗不隔，山谷黄庭坚则稍隔矣。"池塘生春草"《登池上楼》、"空梁落燕泥"薛道衡《昔昔盐》等二句，妙处唯在不隔。词亦如是。即以一人一词论，如欧阳公欧阳修《少年游》咏春草上半阕云："阑干十二独凭春，晴碧远连云。千里万里，二月三月，行色苦愁人"，语语都在目前②，便是不隔；至云"谢家池上，江淹浦畔"，则隔矣。白石姜夔《翠楼吟》："此地。宜有词仙，拥素云黄鹤，与君游戏。玉梯凝望久，叹芳草、萋萋千里"，便是不隔；至"酒祓清愁，花消英气"，则隔矣。然南宋词虽不隔处，比之前人，自有浅深③厚薄之别。④

①"陶、谢"，原稿为"渊明"；"延年"，原稿为"韦、柳"。
②"都在目前"，最初写为"可以直观"。
③"浅深"，原稿为"深浅"。
④原稿上端删去："以一人之词论，如白石《咏蟋蟀》'露湿铜铺，苔侵石井，都是曾听伊'处便不隔。"

登池上楼

〔南朝宋〕谢灵运

潜虬媚幽姿,飞鸿响远音。薄霄愧云浮,栖川怍渊沉。

进德智所拙,退耕力不任。徇禄反穷海,卧疴对空林。

衾枕昧节候,褰开暂窥临。倾耳聆波澜、举目眺岖嵚。

初景革绪风,新阳改故阴。池塘生春草,园柳变鸣禽。

祁祁伤豳歌,萋萋感楚吟。索居易永久,离群难处心。

持操岂独古,无闷征在今。

〖肆壹〗"生年不满百，常怀千岁忧。昼短苦夜长，何不秉烛游"《古诗十九首》之十五、"服食求神仙，多为药所误。不如饮美酒，被服纨与素"《古诗十九首》之十三，写情如此，方为不隔。"采菊东篱下，悠然见南山。山气日夕佳，飞鸟相与还"陶渊明《饮酒》、"天似穹庐，笼盖四野。天苍苍，野茫茫，风吹草低见牛羊"①《敕勒歌》，写景如此，方为不隔。

①此句初稿为："此中有真意，欲辨已忘言。"

古诗十九首之十五

生年不满百，常怀千岁忧。昼短苦夜长，何不秉烛游？为乐当及时，何能待来兹。愚者爱惜费，但为后世嗤。仙人王子乔，难可与等期。

古诗十九首之十二

驱车上东门，遥望郭北墓。白杨何萧萧，松柏夹广路。下有陈死人，杳杳即长暮。潜寐黄泉下，千载永不寤。浩浩阴阳移，年命如朝露。人生忽如寄，寿无金石固。万岁更相送，圣贤莫能度。服食求神仙，多为药所误。不如饮美酒，被服纨与素。

〖肆贰〗古今词人格调之高,无如白石。惜不于意境上用力,故觉无言外之味、弦外之响①,终不能与于第一流之作者也。

①原稿以下最初为:"终落第二手。其志清峻则有之,其旨遥深则未也。"

玉楼春

〔南唐〕冯延巳

雪云乍变春云簇,渐觉年华堪纵目。北枝梅蕊犯寒开,南浦波纹如酒绿。

芳菲次第长相续,自是情多无处足。尊前百计得春归,莫为伤春眉黛蹙。

〖肆叁〗南宋词人，白石姜夔有格而无情，剑南陆游有气而乏韵。其堪与北宋人颉颃者，唯一幼安辛弃疾耳。近人祖南宋而祧北宋，以南宋之词可学，北宋不可学也。学南宋者，不祖白石姜夔，则祖梦窗吴文英；以白石姜夔、梦窗吴文英可学，幼安辛弃疾不可学也。学幼安辛弃疾者，率祖其粗犷、滑稽；以其粗犷、滑稽处可学，佳处不可学也①。幼安辛弃疾之佳处，在有性情，有境界。即以气象论，亦有"横素波、干青云"之概，宁后世龌龊小生所可拟耶？

①原稿以下为："同时白石、龙洲学幼安之作且如此，况他人乎？其实幼安词之佳者，如《摸鱼儿》、《贺新郎·送茂嘉》、《青玉案·元夕》、《祝英台近》等，俊伟幽咽，固独有千古。其他豪放之处，亦有'横素波、干青云'之概，宁梦窗辈龌龊小生所可语耶？"

少年游

〔宋〕欧阳修

阑干十二独凭春，晴碧远连云。千里万里，二月三月，行色苦愁人。

谢家池上，江淹浦畔，吟魄与离魂。那堪疏雨滴黄昏，更特地、忆王孙。

〖肆肆〗东坡苏轼之词旷,稼轩辛弃疾之词豪①。无二人之胸襟而学其词,犹东施之效捧心也。

①原稿此处以下删去:"白石之旷在文字而不在胸襟。"

南乡子

〔南唐〕冯延巳

细雨湿流光,芳草年年与恨长。烟锁凤楼无限事,茫茫。鸾镜鸳衾两断肠。

魂梦任悠扬,睡起杨花满绣床。薄幸不来门半掩,斜阳。负你残春泪几行。

〖肆伍〗读东坡苏轼、稼轩辛弃疾词,须观其雅量高致,有伯夷、柳下惠之风。白石姜夔虽似蝉蜕尘埃①,然终不免局促辕下。

①原稿此处以下删去:"然如韦、柳之视陶公,非徒有上下床之别。"

青玉案

〔宋〕辛弃疾

东风夜放花千树,更吹落,星如雨。宝马雕车香满路,凤箫声动,玉壶光转,一夜鱼龙舞。

蛾儿雪柳黄金缕,笑语盈盈暗香去。众里寻他千百度,蓦然回首,那人却在,灯火阑珊处。

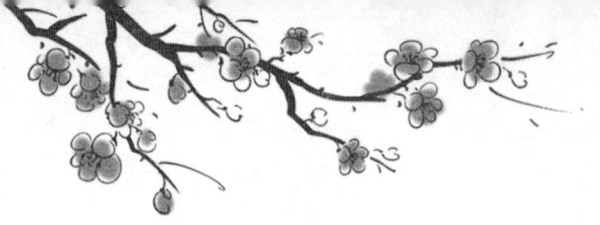

〖肆陆〗苏苏轼、辛辛弃疾词中之狂。白石姜夔犹不失为狷。若梦窗吴文英、梅溪①史达祖、玉田张炎、草窗周密、西麓陈允平辈,面目不同,同归于乡愿而已。

①原稿无"梅溪"。

念奴娇

〔宋〕姜夔

闹红一舸,记来时尝与鸳鸯为侣。三十六陂人未到,水佩风裳无数。翠叶吹凉,玉容销酒,更洒菰蒲雨。嫣然摇动,冷香飞上诗句。

日暮青盖亭亭,情人不见,争忍凌波去。只恐舞衣寒易落,愁入西风南浦。高柳垂阴,老鱼吹浪,留我花间住。田田多少,几回沙际归路。

〖肆柒〗稼轩辛弃疾中秋饮酒达旦，用《天问》体作《木兰花慢》以送月曰："可怜今夕月，向何处、去悠悠？是别有人间，那边才见，光景东头。"词人想象，直悟月轮绕地之理。与科学家密合，可谓神悟。①

①原稿以下为："此词汲古阁刻《六十家词》失载，黄荛圃所藏元大德本亦阙，后属顾涧苹就汲古阁抄本中补之，今归聊城杨氏海源阁，王半塘四印斋所刻者是也。但汲古抄本与刻本不符，殊不可解，或子晋于刻词后始得抄本耳。"

木兰花慢

〔宋〕辛弃疾

可怜今夕月，向何处、去悠悠？是别有人间，那边才见、光景东头？是天外空汗漫，但长风浩浩送中秋，飞镜无根谁系？姮娥不嫁谁留？

谓经海底问无由，恍惚使人愁。怕万里长鲸，纵横触破，玉殿琼楼。虾蟆故堪浴水，问云何玉兔解沉浮？若道都齐无恙，云何渐渐如钩？

〖肆捌〗周介存周济谓:"梅溪史达祖词中,喜用'偷'字,足以定其品格。"刘融斋刘熙载谓:"周周邦彦旨荡而史史达祖意贪。"此二语令人解颐。

水龙吟

〔宋〕章楶

燕忙莺懒花残,正堤上、柳花飘坠。轻飞乱舞,点画青林,全无才思。闲趁游丝,静临深院,日长门闭。傍珠帘散漫,垂垂欲下,依前被、风扶起。

兰帐玉人睡觉,怪春衣、雪沾琼缀。绣床渐满,香球无数,才圆却碎。时见蜂儿,仰粘轻粉,鱼吞池水。望章台路杳,金鞍游荡,有盈盈泪。

〖肆玖〗介存周济谓:梦窗吴文英词之佳者,如"水光云影,摇荡绿波,抚玩无极,追寻已远"。余览《梦窗甲乙丙丁稿》中,实无足当此者;有之,其①"隔江人在雨声中,晚风菰叶生秋怨"《踏莎行》二语乎?

①原稿"其"字后有"唯"字。

踏莎行

〔宋〕吴文英

润玉笼绡,檀樱倚扇。绣圈犹带脂香浅。榴心空叠舞裙红,艾枝应压愁鬟乱。

午梦千山,窗阴一箭。香瘢新褪红丝腕。隔江人在雨声中,晚风菰叶生秋怨。

〖伍〇〗梦窗吴文英之词，吾得取其词中之一语以评之，曰："映梦窗，零乱碧。"《秋思》玉田张炎之词，亦得取其词中之一语以评之，曰："玉老田荒。"《祝英台近》

秋思

〔宋〕吴文英

堆枕香鬟侧，骤夜声、偏称画屏秋色。风碎串珠，润侵歌板，愁压眉窄。动罗篝清商，寸心低诉叙怨抑。映梦窗，零乱碧。待涨绿春深，落花香泛，料有断红流处，暗题相忆。

欢酌。櫩花细滴。送故人、粉黛重饰，漏侵琼瑟。丁东敲断，弄晴月白。怕一曲《霓裳》未终，催去骖凤翼。叹谢客、犹未识。漫瘦却东阳，灯前无梦到得。路隔重云雁北。

〖伍壹〗"明月照积雪"谢灵运《岁暮》、"大江流日夜"谢朓《暂使下都夜发新林至京邑赠西府同僚》、"中天悬明月"杜甫《后出塞》、"长河落日圆"①王维《使至塞上》,此种境界,可谓千古壮观②。求之于词,唯纳兰容若纳兰性德塞上之作,如《长相思》之"夜深千帐灯",《如梦令》之"万帐穹庐人醉,星影摇摇欲坠"差近之。

①原稿还有"澄江净如练"、"山气日夕佳"、"落日照大旗"、"大漠孤烟直"几句。
①"壮观"原稿为"壮语"。

暂使下都夜发新林至京邑赠西府同僚

〔南齐〕谢朓

大江流日夜,客心悲未央。徒念关山近,终知反路长。
秋河曙耿耿,寒渚夜苍苍。引领见京室,宫雉正相望。
金波丽鳷鹊,玉绳低建章。驱车鼎门外,思见昭丘阳。
驰晖不可接,何况隔两乡?风云有鸟路,江汉限无梁。
常恐鹰隼击,时菊委严霜。寄言罻罗者,寥廓已高翔。

〖伍贰〗纳兰容若纳兰性德以自然之眼观物,以自然之舌言情①。此由初入中原,未染汉人风气,故能真切如此。北宋以来,一人而已。②

①原稿作:"以自然之笔写情。"
②原稿以下删:"后此如《冰蚕词》便无馀味。"接着还有:"同时朱、陈、王、顾诸家便有文胜则史之弊。"

祝英台近

〔宋〕张炎

水痕深,花信足,寂寞汉南树。转首青荫,芳事顿如许。不知多少消魂,夜来风雨。犹梦到、断红流处。

最无据。长年息影空山,愁入庾郎句。玉老田荒,心事已迟暮。几回听得啼鹃,不如归去。终不似、旧时鹦鹉。

〖伍叁〗陆放翁陆游跋《花间集》，谓："唐季五代、诗愈卑，而倚声者辄简古可爱。能此不能彼，未可以理推也。"《提要》《四库提要》驳之，谓："犹能举七十斤者，举百斤则蹶，举五十斤则运掉自如。"其言甚辨。然谓词必易于诗①，余未敢信。善乎陈卧子陈子龙之言曰："宋人不知诗而强作诗，故终宋之世无诗。然其欢愉愁怨②之致，动于中而不能抑者，类发于诗余，故其所造独工。"五代词之所以独胜③，亦由此也。

①"词"，原稿为"词格"；"易于"，原稿为"卑于"。
②"愁怨"，原稿为"愁苦"。
③原稿此句作"唐季五代之词独胜"。

岁暮

〔南朝宋〕谢灵运

殷忧不能寐，苦此夜难颓。
明月照积雪，朔风劲且哀。
运往无淹物，年逝觉已催。

〖伍肆〗四言敝而有《楚辞》,《楚辞》敝而有五言,五言敝而有七言,古诗敝而有律绝,律绝敝而有词。盖文体①通行既久,染指遂多,自成习套②。豪杰之士,亦难于其中自出新意,故遁而作他体,以自解脱③。一切文体所以始盛终衰者,皆由于此。故谓文学后不如前,余未敢信④。但就一体论,则此说固无以易也。

①"文体",原稿已改为"一体"。
②"习套",原稿为"陈套"。
③原稿"遁而"前有"往往"两字。"自解脱",原稿为"发表其思想感情"。
④原稿此句作"故谓文学今不如古,余不敢信"。

暗香

〔宋〕姜夔

旧时月色,算几番照我,梅边吹笛?唤起玉人,不管清寒与攀摘。何逊而今渐老,都忘却、春风词笔。但怪得、竹外疏花,香冷入瑶席。

江国。正寂寂。叹寄与路遥,夜雪初积。翠尊易泣,红萼无言耿相忆。长记曾携手处,千树压、西湖寒碧。又片片、吹尽也,几时见得。

〖伍伍〗诗之三百篇、十九首，词之五代、北宋，皆无题也。非无题也，诗词中之意，不能以题尽之也。自《花庵》《花庵词选》、《草堂》《草堂诗余》每调立题，并古人无题之词亦为之作题。如观一幅佳山水，而即曰此某山某河，可乎？诗有题而诗亡，词有题而词亡。然中材之士，鲜能知此而自振拔者矣。①

①原稿以下为："其可笑熟甚。"

疏影

〔宋〕姜夔

苔枝缀玉，有翠禽小小，枝上同宿。客里相逢，篱角黄昏，无言自倚修竹。昭君不惯胡沙远，但暗忆、江南江北。想佩环、月夜归来，化作此花幽独。

犹记深宫旧事，那人正睡里，飞近蛾绿。莫似春风，不管盈盈，早与安排金屋。还教一片随波去，又却怨、玉龙哀曲。等恁时、重觅幽香，已入小窗横幅。

〖伍陆〗大家之作,其言情也必沁人心脾,其写景也必豁人耳目。其辞脱口而出,无矫揉妆束之态。以其所见者真,所知者深也。诗词皆然。持此以衡古今之作者,可无大误矣。

和裴迪登蜀州东亭送客逢早梅相忆见寄

〔唐〕杜甫

东阁观梅动诗兴,还如何逊在扬州。
此时对雪遥相忆,送客逢春可自由。
幸不折来伤岁暮,若为看去乱乡愁。
江边一树垂垂发,朝夕催人自白头。

〖伍柒〗人能于诗词中不为美刺、投赠①之篇,不使隶事之句,不用粉饰之字,则于此道已过半矣。

①原稿下面还有:"怀古、咏史。"

点绛唇

〔宋〕姜夔

燕雁无心,太湖西畔随云去。数峰清苦。商略黄昏雨。
第四桥边,拟共天随住。今何许?凭栏怀古。残柳参差舞。

〖伍捌〗以《长恨歌》之壮采,而所隶之事,只"小玉"、"双成"四字,才有余也。梅村吴伟业歌行,则非隶事不可。白白居易、吴吴伟业优劣,即于此见。不独作诗为然,填词家亦不可不知也。

昔昔盐

〔隋〕薛道衡

垂柳覆金堤,蘼芜叶复齐。水溢芙蓉沼,花飞桃李蹊。
采桑秦氏女,织锦窦家妻。关山别荡子,风月守空闺。
恒敛千金笑,长垂双玉啼。盘龙随镜隐,彩凤逐帷低。
飞魂同夜鹊,倦寝忆晨鸡。暗牖悬蛛网,空梁落燕泥。
前年过代北,今岁往辽西。一去无消息,那能惜马蹄。

〖伍玖〗近体诗体制,以五、七言绝句为最尊,律诗次之,排律最下。盖此体于寄兴言情,两无所当,殆有韵之骈体文耳。词中小令如绝句,长调似律诗,若长调之《百字令》、《沁园春》等,则近于排律矣。①

①原稿本条作:"诗中体制以五言古及五、七言绝句为最尊,七古次之,五、七律又次之,五言排律为最下。盖此体于寄兴言情均不相适,殆与骈体文等耳。词中小令如五言古及绝句,长调如五、七律,若长调之《沁园春》等阕,则近于五排矣。"

翠楼吟

〔宋〕姜夔

月冷龙沙,尘清虎落,今年汉酺初赐。新翻胡部曲,听毡幕元戎歌吹。层楼高峙,看槛曲萦红,檐牙飞翠。人姝丽,粉香吹下,夜寒风细。

此地宜有词仙,拥素云黄鹤,与君游戏。玉梯凝望久,叹芳草萋萋千里。天涯情味,仗酒祓清愁,花销英气。西山外,晚来还卷,一帘秋霁。

〖陆○〗诗人对宇宙①人生,须入乎其内,又须出乎其外。入乎其内,故能写之。出乎其外,故能观之。入乎其内,故有生气。出乎其外,故有高致。美成周邦彦能入而不出②。白石姜夔以降,于此二事皆未梦见。

①"宇宙",原稿上为"自然"。
②"不出",原稿为"不能出"。

长相思

〔清〕纳兰性德

山一程,水一程。身向榆关那畔行,夜深千帐灯。
风一更,雪一更。聒碎乡心梦不成,故园无此声。

〖陆壹〗诗人必有轻视外物之意,故能以奴仆命风月①。又必有重视外物之意,故能与花鸟共忧乐。

①此处最初为:"清风明月,役之如奴仆。"

如梦令

〔清〕纳兰性德

万帐穹庐人醉,星影摇摇欲坠。归梦隔狼河,又被河声搅碎。还睡,还睡。解道醒来无味。

〖陆贰〗"昔为倡家女,今为荡子妇。荡子行不归,空床难独守"《古诗十九首》之二、"何不策高足,先据要路津?无力守究贱,轗轲长苦辛"《古诗十九首》之四,可谓淫鄙之尤。然无视为淫词、鄙词者,以其真也。五代、北宋之大词人亦然。非无淫词,读之者但觉其亲切①动人。非无鄙词,但觉其精力弥满。可知淫词与鄙词之病,非淫与鄙之病,而游词之病也。"岂不尔思,室是远而。"而子曰:"未之思也,夫何远之有?"恶其游也。

①"亲切",原稿先作"真挚",后又改为"沈挚"。

古诗十九首之二

青青河畔草,郁郁园中柳。
盈盈楼上女,皎皎当窗牖。
娥娥红粉妆,纤纤出素手。
昔为倡家女,今为荡子妇。
荡子行不归,空床难独守。

〖陆叁〗"枯藤老树昏鸦。小桥流水人家。古道西风瘦马。夕阳西下,断肠人在天涯。"此元人马东篱马致远《天净沙》小令也。寥寥数语,深得唐人绝句妙境。有元一代词家,皆不能办此也。①

①现存手稿中未见本则词话。

古诗十九首之四

今日良宴会,欢乐难具陈。弹筝奋逸响,新声妙入神。
令德唱高言,识曲听其真。齐心同所愿,含意俱未申。
人生寄一世,奄忽若飙尘。何不策高足,先据要路津。
无为守穷贱,轗轲长苦辛。

〖陆肆〗白仁甫白朴《秋夜梧桐雨》剧，沈雄悲壮①，为元曲冠冕②，然所作《天籁词》，粗浅之甚，不足为稼轩辛弃疾奴隶。岂创者易工，而因者难巧欤？抑人各有能有不能也？读者观欧欧阳修、秦秦观之诗远不如词，足透此中消息。

①此处最初是"寄情壮采"，后改为"奇思壮采"，最后改为"沈雄悲壮"。

②初稿以下为："然其词干枯质实，但有稼轩之貌，而神理索然。曲家不能为词，犹词家之不能为诗，读永叔、少游诗可悟。"本则词话末，作者发表时自署："宣统庚戌九月脱稿于京师定武城南寓庐。"

使至塞上

〔唐〕王维

单车欲问边，属国过居延。
征蓬出汉塞，归雁入胡天。
大漠孤烟直，长河落日圆。
萧关逢候骑，都护在燕然。

卷下 人间词话未刊手稿

〖壹〗白石姜夔之词,余所最爱者,亦仅二语,曰:"淮南皓月冷千山,冥冥归去无人管。"《踏莎行》

踏莎行

〔宋〕姜夔

燕燕轻盈,莺莺娇软,分明又向华胥见。夜长争得薄情知,春初早被相思染。

别后书辞,别时针线,离魂暗逐郎行远。淮南皓月冷千山,冥冥归去无人管。

〖贰〗诗至唐中叶以后,殆为羔雁之具矣。故五代、北宋之诗,佳者绝少,而词则为其极盛时代。即诗词兼擅如永叔欧阳修、少游秦观者,亦词胜于诗远甚。以其写之于诗者,不若写之于词者之真也。至南宋以后,词亦为羔雁之具,而词亦替矣。此亦文学升降之一关键也。

如梦令

〔宋〕李清照

昨夜雨疏风骤,浓睡不消残酒。试问卷帘人,却道海棠依旧。知否,知否?应是绿肥红瘦。

〖叁〗曾纯甫曾觌中秋应制，作《壶中天慢》词，自注云："是夜，西兴亦闻天乐。"谓宫中乐声，闻于隔岸也。毛子晋毛晋谓："天神亦不以人废言。"近冯梦华冯煦复辨其诬。不解"天乐"二字文义，殊笑人也。

壶中天慢

〔宋〕曾觌

素飙漾碧，看天衢稳送、一轮明月。翠水瀛壶人不到，以似世间秋别。玉手瑶笙，一时同色，小按《霓裳》叠。天津桥上，有人偷记新阕。

当日谁幻银桥？阿瞒儿戏，一笑成痴绝。肯信群仙高宴处，移下水晶宫阙。云海尘清，山河影满，桂冷吹香雪。何劳玉斧，金瓯千无缺。

〖肆〗梅溪史达祖、梦窗①吴文英、玉田张炎、草窗周密、西麓陈允平诸家,词虽不同,然同失之肤浅。虽时代使然,亦其才分有限也。近人弃周鼎而宝康瓠,实难索解。

①此处原稿删去"中仙"。

浣溪沙

〔宋〕晏殊

一曲新词酒一杯,去年天气旧亭台。夕阳西下几时回?无可奈何花落去,似曾相识燕归来。小园香径独徘徊。

〖伍〗余填词不喜作长调,尤不喜用人韵,偶而游戏,作《水龙吟》咏杨花,用质夫章楶、东坡苏轼倡和韵,作《齐天乐》咏蟋蟀,用白石姜夔韵,皆有与晋代兴①之意。然余之所长殊②不在是,世之君子宁以他词称③我。

①原稿先作"与晋楚争霸",后改为"与晋代兴"。
②原为"则"字,后改为"殊"字。
②原为"美"字,后改为"称"字。

水龙吟

王国维

开时不与人看,如何一霎濛濛坠。日长无绪,回廊小立,迷离情思。细雨池塘,斜阳院落,重门深闭。正参差欲住,轻衫掠处,又特地、因风起。

花事阑珊到汝,更休寻满枝琼缀。算人只合,人间哀乐,者般零碎。一样飘零,宁为尘土,勿随流水。怕盈盈、一片春江,都贮得、离人泪。

〖陆〗余友沈昕伯（纮）自巴黎寄余《蝶恋花》一阕云："帘外东风随燕到。春色东来，循我来时道。一霎围场生绿草，归迟却怨春来早。锦绣一城春水绕。庭院笙歌，行乐多年少。著意来开孤客抱，不知名字闲花鸟。"此词当在晏氏父子晏殊、晏几道间，南宋人不能道也。

齐天乐

王国维

天涯已自愁秋极，何须更闻虫语。乍响瑶阶，旋穿绣闼，更入画屏深处。喁喁似诉。有几许哀丝，佐伊机杼。一夜东堂，暗抽离恨万千绪。

空庭相和秋雨。又南城罢柝，西院停杵。试问王孙，苍茫岁晚，那有闲愁无数。宵深谩与。怕梦稳春酣，万家儿女。不识孤吟，劳人床下苦。

〖柒〗樊抗夫樊志厚谓余词如《浣溪沙》之"天末同云",《蝶恋花》之"昨夜梦中"、"百尺朱楼"、"春到临春"等阕,凿空而道,开词家未有之境。余自谓:才不若古人,但于力争第一义处,古人亦不如我用意耳。

浣溪沙

王国维

天末同云黯四垂,失行孤雁逆风飞。江湖寥落尔安归?
陌上金丸看落羽,闺中素手试调醯。今朝欢宴胜平时。

〖捌〗叔本华曰:"抒情诗,少年之作也。叙事诗及戏曲,壮年之作也。"余谓:抒情诗,国民幼稚时代之作。叙事诗,国民盛壮时代之作也。故曲则古不如今,(元曲诚多天籁,然其思想之陋劣,布置之粗笨,千篇一律,令人喷饭,至本朝之《桃花扇》、《长生殿》诸传奇,则进矣。)词则今不如古。盖一则以布局为主,一则须伫兴而成故也。

蝶恋花

王国维

昨夜梦中多少恨。细马香车,两两行相近。对面似怜人瘦损,众中不惜搴帷问。

陌上轻雷听隐辚。梦里难从,觉后那堪讯?蜡泪窗前堆一寸,人间只有相思分。

〖玖〗北宋名家以方回贺铸为最次。其词如历下李攀龙、新城王士祯之诗，非不华瞻，惜少真味。①

①原稿以下删："至宋末诸家，仅可譬之腐烂制艺，乃诸家之享重名者且数百年。始知世之幸人，不独曹蜍、李志也。"

蝶恋花

王国维

百尺朱楼临大道。楼外轻雷，不间昏和晓。独倚阑干人窈窕，闲中数尽行人小。

一霎车尘生树杪。陌上楼头，都向尘中老。薄晚西风吹雨到，明朝又是伤流潦。

〖壹〇〗散文易学而难工,骈文难学而易工。近体诗易学而难工,古体诗难学而易工。小令易学而难工,长调难学而易工。

蝶恋花

王国维

春到临春花正妩。迟日阑干,蜂蝶飞无数。谁遣一春抛却去,马蹄日日章台路。

几度寻春春不遇。不见春来,那识春归处?斜日晚风杨柳渚,马头何处无飞絮。

〖壹壹〗古诗《子夜歌》云:"谁能思不歌,谁能饥不食?"诗词者,物之不得其平而鸣者也。故欢愉之辞难工,愁苦之言易巧。

子夜歌

〔南北朝〕佚名

谁能思不歌?谁能饥不食?
日冥当户倚,惆怅底不忆?

〖壹贰〗社会上之习惯，杀许多之善人；文学上之习惯，杀许多之天才。

齐天乐

〔宋〕周邦彦

绿芜雕尽台城路，殊乡又逢秋晚。暮雨生寒，鸣蛩劝织，深阁时闻裁剪。云窗静掩。叹重拂罗裀，顿疏花簟。尚有练囊，露萤清夜照书卷。

荆江留滞最久，故人相望处，离思何限。渭水西风，长安乱叶，空忆诗情宛转。凭高眺远。正玉液新篘，蟹螯初荐。醉倒山翁，但愁斜照敛。

〖壹叁〗词之为体,要眇宜修,能言诗之所不能言,而不能尽言诗之所能言。诗之境阔,词之言长。

得胜乐(节录)

〔元〕白朴

玉露冷。蛩吟砌。听落叶西风渭水。寒雁儿长空嘹唳。陶元亮醉在东篱。

《梧桐雨》杂剧第二折《普天乐》(节录)

〔元〕白朴

伤心故园。西风渭水,落日长安。

〖壹肆〗言气质[①]，言神韵，不如言境界。境界为本也；气质、格律、神韵，末也。有境界，而三者随之矣。

①原稿此处删"言格律"三字。

诉衷情

〔五代蜀〕顾夐

永夜抛人何处去？绝来音。香阁掩，眉敛，月将沉。争忍不相寻？怨孤衾。换我心为你心，始知相忆深。

〖壹伍〗"秋风吹渭水,落叶满长安"贾岛《忆江上吴处士》,美成周邦彦以之入词《齐天乐》,白仁甫白朴以之入曲《得胜乐》、《梧桐雨》,此借古人之境界为我之境界者也。然非自有境界,古人亦不为我用。

忆江上吴处士

〔唐〕贾岛

闽国扬帆去,蟾蜍亏复圆。
秋风生渭水,落叶满长安。
此地聚会夕,当时雷雨寒。
兰桡殊未返,消息海云端。

〖壹陆〗词家多以景寓情。其专作情语而绝妙者,如牛峤之"须作一生拚,尽君今日欢"《菩萨蛮》、顾敻之"换我心为你心,始知相忆深"《诉衷情》、欧阳修之"衣带渐宽终不悔,为伊消得人憔悴"《蝶恋花》、美成周邦彦之"许多烦恼,只为当时,一饷留情"《庆宫春》,此等词古今曾不多见。余《乙稿》中颇于此方面有开拓之功。

菩萨蛮

〔五代蜀〕牛峤

玉楼冰簟鸳鸯锦,粉融香汗流山枕。帘外辘轳声,敛眉含笑惊。

柳阴烟漠漠,低鬓蝉钗落。须作一生拚,尽君今日欢。

〖壹柒〗长调自以周周邦彦、柳柳永、苏苏轼、辛辛弃疾为最工。美成周邦彦《浪淘沙慢》二词,精壮顿挫,已开北曲之先声。若屯田柳永之《八声甘州》,东坡之《水调歌头》"中秋寄子由",则佇兴之作,格高千古,不能以常词论也。

浪淘沙慢

〔宋〕周邦彦

昼阴重,霜凋岸草,雾隐城堞。南陌脂车待发,东门帐饮乍阕。正拂面、垂杨堪揽结。掩红泪、玉手亲折。念汉浦离鸿去何许,经时信音绝。

情切。望中地远天阔。向露冷风清,无人处、耿耿寒漏咽。嗟万事难忘,唯是离别。翠尊未竭。凭断云,留取西楼残月。

罗带光销纹衾叠。连环解、旧香顿歇。怨歌永、琼壶敲尽缺。恨春去、不与人期,弄夜色,空余满地梨花雪。

〖壹捌〗稼轩辛弃疾《贺新郎》词"送茂嘉十二弟",章法绝妙,且语语有境界,此能品而几于神①者。然非有意为之,故后人不能学也。

①原稿初写成:"中之最上",后改为"而几于神"。

贺新郎

〔宋〕辛弃疾

绿树听鹈鴂。更那堪、鹧鸪声住,杜鹃声切。啼到春归无寻处,苦恨芳菲都歇。算未抵、人间离别。马上琵琶关塞黑,更长门翠辇辞金阙。看燕燕,送归妾。

将军百战声名裂。向河梁、回头万里,故人长绝。易水萧萧西风冷,满座衣冠似雪。正壮士、悲歌未彻。啼鸟还知如许恨,料不啼清泪长啼血。谁共我,醉明月!

〖壹玖〗稼轩辛弃疾《贺新郎》词:"柳暗凌波路。送春归猛风暴雨,一番新绿。"又,《定风波》词:"从此酒酣明月夜,耳热。""绿"、"热"二字,皆作上去用,与韩玉《东浦词·贺新郎》以"玉"、"曲"叶"注"、"女",《卜算子》以"夜"、"谢"叶"食"、"月",已开北曲四声通押之祖。

贺新郎

〔宋〕辛弃疾

柳暗凌波路。送春归、猛风暴雨,一番新绿。千里潇湘葡萄涨,人解扁舟欲去。又樯燕、留人相语。艇子飞来生尘步,唾花寒、唱我新番句。波似箭,催鸣橹。

黄陵祠下山无数。听湘娥、泠泠曲罢,为谁情苦。行到东吴春已暮,正江阔朝平稳渡。望金雀、觚棱翔舞。前度刘郎今重到,问玄都、千树花存否。愁为倩,么弦诉。

〖贰〇〗谭复堂谭献《箧中词选》谓:"蒋鹿潭蒋春霖《水云楼词》与成容若纳兰性德、项莲生项鸿祚,二百年间,分鼎三足。"然《水云楼词》小令颇有境界,长调惟存气格。《忆云词》①亦精实有馀,超逸不足,皆不足与容若比。然视皋文张惠言、止庵周济辈,则倜乎远矣。

①以下删:"虽谐婉有馀,终鲜独到之处。"

庆宫春

〔宋〕周邦彦

云接平冈,山围寒野,路回渐转孤城。衰柳啼鸦,惊风驱雁,动人一片秋声。倦途休驾,淡烟里、微茫见星。尘埃憔悴,生怕黄昏,离思牵萦。

华堂旧日逢迎。花艳参差,香雾飘零。弦管当头,偏怜娇凤、夜深簧暖笙清。眼波传意,恨密约、匆匆未成。许多烦恼,只为当时,一饷留情。

〖貳壹〗贺黄公裳《皱水轩词筌》云:"张玉田张炎《乐府指迷》当为《词源》其调叶宫商,铺张藻绘抑亦可矣,至于风流蕴藉之事,真属茫茫,如啖官厨饭者,不知牲宰之外别有甘鲜也。"此语解颐①。

① 原稿已删去"此语解颐"。

浪淘沙慢

〔宋〕周邦彦

万叶战,秋声露结,雁度砂碛。细草和烟尚绿,遥山向晚更碧。见隐隐云边新月白。映落照、帘幕千家,听数声、何处倚楼笛。装点尽秋色。

脉脉。旅情暗自消释。念珠玉、临水犹悲戚。何况天涯客。忆少年歌酒,当时踪迹。岁华易老,衣带宽、慎恼心肠终窄。

飞散后、风流人阻,蓝桥约、怅恨路隔。马啼过、犹嘶旧巷陌。叹往事、一一堪伤,旷望极。凝思又把阑干拍。

〖贰贰〗周保绪济《词辨》云："玉田张炎，近人所最尊奉，才情诣力，亦不后诸人，终觉积谷作米、把缆放船，无开阔手段。"又云："叔夏张炎所以不及前人处，只在字句上著功夫，不肯换意。"近人喜学玉田张炎，亦为修饰字句易，换意难。

八声甘州

〔宋〕柳永

对潇潇暮雨洒江天，一番洗清秋。渐霜风凄紧，关河冷落，残照当楼。是处红衰翠减，苒苒物华休。惟有长江水，无语东流。

不忍登高临远，望故乡渺邈，归思难收。叹年来踪迹，何事苦淹留。想佳人、妆楼颙望，误几回、天际识归舟。争知我、倚阑干处，正恁凝愁。

〖贰叁〗词家时代之说,盛于国初。竹垞朱彝尊谓:"词至北宋而大,至南宋而深。"后此词人,群奉其说。然其中亦非无具眼者。周保绪周济曰:"南宋下不犯北宋拙率之病,高不到北宋浑涵之诣。"又曰:"北宋词多就景叙情,故珠圆玉润,四照玲珑。至稼轩辛弃疾、白石姜夔,一变而为即事叙景,使深者反浅,曲者反直。"潘四农德舆曰:"词滥觞于唐,畅于五代,而音格之闳深曲挚,则莫盛于北宋。词之有北宋,犹诗之有盛唐。至南宋则稍衰矣。"刘融斋熙载曰:"北宋词用密亦疏、用隐亦亮、用沈亦快、用细亦阔、用精亦浑。南宋只是掉转过来。"可知此事自有公论。虽止庵周济词颇浅薄①,潘潘德舆与刘刘熙载尤甚;然其推尊北宋,则与明季云间诸公陈子龙、宋征舆、李雯,同一卓识②也。

①原稿此处删去"殊少佳趣"。
②原稿此处删去"不可废"。

水调歌头

〔宋〕苏轼

明月几时有?把酒问青天。不知天上宫阙,今夕是何年?我欲乘风归去,又恐琼楼玉宇,高处不胜寒。起舞弄清影,何似在人间。

转朱阁,低绮户,照无眠。不应有恨,何事长向别时圆。人有悲欢离合,月有阴晴圆缺,此事古难全。但愿人长久,千里共婵娟。

〖贰肆〗唐五代、北宋之词,所谓"生香真色"。若云间诸公陈子龙、宋征舆、李雯,则采花耳。湘真陈子龙且然,况其次也者乎!

定风波

〔宋〕辛弃疾

金印累累佩陆离,河梁更赋断肠诗。莫拥旌旗真个去,何处?玉堂元自要论思。

且约风流三学士,同醉,春风看试几枪旗。从此酒酣明月夜,耳热。那边应是说侬时。

〖贰伍〗《衍波词》王士禛词集之佳者,颇似贺方回贺铸。虽不及容若纳兰性德,要在锡鬯朱彝尊、其年陈维崧之上。

贺新郎

〔宋〕韩玉

绰约人如玉。试新妆、娇黄半绿,汉宫匀注。倚傍小栏闲伫立,翠带风前似舞。记洛浦、当年俦侣。罗袜尘生香冉冉,料征鸿、微步凌波女。惊梦断,楚江曲。

春工若见应为主。忍教都、闲亭邃馆,冷风凄雨。待把此花都折取,和泪连香寄与。须信道、离情如许。烟水茫茫斜照里,是骚人、《九辨》《招魂》处。千古恨,与谁语?

〖贰陆〗近人词如复堂谭献词之深婉，彊村朱孝臧词之隐秀，皆在吾家半塘翁上，彊村学梦窗吴文英而情味较梦窗吴文英反胜。盖有临川王安石、庐陵欧阳修之高华，而济以白石姜夔之疏越者。学人之词，斯为极则①。然古人自然神妙处，尚未梦见。

①以下删去："境界稍深，便当独步本朝矣。"

卜算子

〔宋〕韩玉

杨柳绿成阴，初过寒食节。门掩金铺独自眠，那更逢寒夜。

强起立东风，惨惨梨花谢。何事王孙不早归？寂寞秋千月。

〖贰柒〗宋直方宋征舆《蝶恋花》:"新样罗衣浑弃却,犹寻旧日春衫著。"谭复堂谭献《蝶恋花》:"连理枝头侬与汝,千花百草从渠许。"可谓寄兴深微。

蝶恋花

〔清〕宋征舆

宝枕轻风秋梦薄。红敛双蛾,颠倒垂金雀。新样罗衣浑弃却。犹寻旧日春衫著。

偏是断肠花不落。人若伤心,镜里颜非昨。曾误当初青女约。只今霜夜思量着。

〖贰捌〗《半唐丁稿》王鹏运著和冯正中冯延巳《鹊踏枝》十阕,乃《鹜翁词》之最精者。"望远愁多休纵目"等阕,郁伊惝恍,令人不能为怀。《定稿》只存六阕,殊为未允也。

鹊踏枝

〔清〕王鹏运

望远愁多休纵目。步绕珍丛,看笋将成竹。晓露暗垂珠簌簌,芳林一带如新浴。

檐外青山森碧玉。梦里骖鸾,记过清湘曲。自定新弦移雁足,弦声未抵归心促。

〖贰玖〗固哉,皋文张惠言之为词也!飞卿温庭筠《菩萨蛮》、永叔欧阳修《蝶恋花》、子瞻苏轼《卜算子》,皆兴到之作,有何命意?皆被皋文深文罗织。阮亭王士禛《花草蒙拾》谓:"坡公苏轼命宫磨蝎,生前为王珪、舒亶辈所苦,身后又硬受此差排。"由今观之,受差排者,独一坡公已耶?

菩萨蛮

〔唐〕温庭筠

小山重叠金明灭,鬓云欲度香腮雪。懒起画娥眉,弄妆梳洗迟。

照花前后镜,花面交相映。新贴绣罗襦,双双金鹧鸪。

〖叁〇〗贺黄公贺裳谓:"姜姜夔论史史达祖词,不称其'软语商量'《双双燕》,而称其'柳昏花暝'《双双燕》,固知不免项羽学兵法之恨。"然"柳昏花暝",自是欧欧阳修、秦秦观辈以属①。吾从白石姜夔,不能附和黄公贺裳矣。

①原稿上。这句最初为:"一句境界自以后句为胜",后改为:"前句画工之笔,后句化工之笔",最后改成现在的文字。

念奴娇

〔宋〕苏轼

大江东去,浪淘尽,千古风流人物。故垒西边,人道是,三国周郎赤壁。乱石穿空,惊涛拍岸,卷起千堆雪。江山如画,一时多少豪杰。

遥想公瑾当年,小乔初嫁了,雄姿英发。羽扇纶巾,谈笑间,樯橹灰飞烟灭。故国神游,多情应笑我,早生华发。人生如梦,一尊还酹江月。

〖叁壹〗"池塘春草谢家春,万古千秋五字新。传语闭门陈正字,可怜无补费精神。"此遗山元好问《论诗绝句》也。梦窗①吴文英、玉田张炎辈,当不乐闻此语。

①"梦窗"前删去"美成、白石"。

卜算子

〔宋〕苏轼

　　缺月挂疏桐,漏断人初静。谁见幽人独往来,缥缈孤鸿影。
　　惊起却回头,有恨无人省。拣尽寒枝不肯栖,寂寞沙洲冷。

〖叁贰〗朱子朱熹《清邃阁论诗》谓:"古人有句,今人诗更无句,只是一直说将去。这般一日作百首也得。"余谓北宋之词有句,南宋以后便无句。如玉田张炎、草窗周密之词,所谓"一日作百首也得"者也。

蝶恋花

〔清〕谭献

帐里迷离香似雾。不烬炉灰,酒醒闻馀语。连理枝头侬与汝。千花百草从渠许。

莲子青青心独苦。一唱将离,日日风兼雨。豆蔻香残杨柳暮。当时人面无寻处。

〖叁叁〗朱子朱熹谓："梅圣俞梅尧臣诗不是平淡，乃是枯槁。"余谓草窗周密、玉田张炎之词亦然。

菩萨蛮

〔唐〕李白

平林漠漠烟如织，寒山一带伤心碧。暝色入高楼，有人楼上愁。

玉阶空伫立，宿鸟归飞急。何处是回程？长亭接短亭。

〖叁肆〗"自怜诗酒瘦,难应接许多春色"史达祖《喜迁莺》、"能几番游,看花又是明年"张炎《高阳台》,此等语亦算警句耶?乃值如许笔力。

喜迁莺

〔宋〕史达祖

月波疑滴。望玉壶天近,了无尘隔。翠眼圈花,冰丝织练,黄道宝光相直。自怜诗酒瘦,难应接,许多春色。最无赖,是随香趁烛,曾伴狂客。

踪迹。漫记忆。老了杜郎,忍听东风笛。柳院灯疏,梅厅雪在,谁与细倾春碧。旧情拘未定,犹自学、当年游历。怕万一,误玉人、夜寒帘隙。

〖叁伍〗文文山文天祥词,风骨甚高,亦有境界,远在圣与王沂孙、叔夏张炎、公谨周密诸公[①]之上,亦如明初诚意伯刘基词,非季迪高启、孟载杨基诸人所敢望也。

① "圣与、叔夏、公谨诸公",初稿为"宋末诸公",后改。

高阳台

〔宋〕张炎

接叶巢莺,平波卷絮,断桥斜日归船。能几番游?看花又是明年。东风且伴蔷薇住,到蔷薇、春已堪怜。更凄然。万绿西泠,一抹荒烟。

当年燕子知何处?但苔深韦曲,草暗斜川。见说新愁,如今也到鸥边。无心更续笙歌梦,掩重门、浅醉闲眠。莫开帘,怕见飞花,怕听啼鹃。

〖叁陆〗宋《李希声诗话》曰:"古人作诗,正以风调高古为主。虽意远语疏,皆为佳作。后人有切近的当、气格凡下者,终使人可憎。"余谓北宋词亦不妨疏远。若梅溪史达祖以降,正所谓"切近的当、气格凡下"者也。

南乡子

〔宋〕苏轼

霜降水痕收,浅碧鳞鳞露远洲。酒力渐消风力软,飕飕,破帽多情却恋头。

佳节若为酬,但把清尊断送秋。万事到头都是梦,休休,明日黄花蝶也愁。

〖叁柒〗自竹垞朱彝尊痛贬《草堂诗馀》而推《绝妙好词》周密编，后人群附和之。不知《草堂》虽有亵诨之作，然佳词恒得十之六七。《绝妙好词》则除张~~张~~孝祥、范~~范~~成大、辛~~辛~~弃疾、刘~~刘~~过诸家外，十之八九，皆极无聊赖之词。甚矣，人之贵耳贱目者之多也！①

①原稿先作"古人云：'小好小惭，大好大惭'，洵非虚语"，后改为"人之贵耳贱目者之多也"，最后删去"者之多"三字。

临江仙

〔宋〕欧阳修

柳外轻雷池上雨，雨声滴碎荷声。小楼西角断虹明。阑干倚处，待得月华生。

燕子飞来窥画栋，玉钩垂下帘旌。凉波不动簟纹平。水精双枕，傍有堕钗横。

〖叁捌〗《提要》《四库总目提要》载《古今词话》六卷,国朝沈雄纂。雄字偶僧,吴江人。是编所述上起于唐,下迄康熙中年。然维见明嘉靖前合口本《笺注草堂诗馀》,林外《洞仙歌》下引《古今词话》云:"此词乃近时林外题于吴江垂虹亭。"(明刻《类编草堂诗馀》亦同)案《升庵词品》云:林外字岂尘,有《洞仙歌》,书于垂虹亭畔,作道装,不告姓名,饮醉而去,人疑为吕洞宾。传入宫中,孝宗笑曰:"云崖洞天无锁,'锁'与'老'叶韵,则'锁'音扫,乃闽音也。"侦问之,果闽人林外也。《齐东野语》所载亦略同。则《古今词话》宋时固有此书,岂雄窃此书而复益以近代事欤?又《季沧苇书目》载《古今词话》十卷,面沈雄所纂只六卷,益证其非一书矣。

洞仙歌

〔宋〕林外

飞梁压水,虹影澄清晓。橘里渔村半烟草。今来古往,物是人非,天地里,唯有江山不老。

雨巾风帽。四海谁知我。一剑横空几番过。按玉龙、嘶未断,月冷波寒。归去也、林屋洞天无锁。认云屏烟障是吾庐,任满地苍苔,年年不扫。

〖叁玖〗"君王忍把平陈业，只换雷塘数亩田"罗隐《炀帝陵》，政治家之言也。"长陵亦是闲邱陇，异日谁知与仲多。"唐彦谦《仲山》诗人之言也。政治家之眼，域于一人一事。诗人之眼，则通古今而观之。词人观物须用诗人之眼，不可用政治家之眼，故感事、怀古等作，当与寿词同为词家所禁也。

炀帝陵

〔唐〕罗隐

入郭登桥出郭船，红楼日日柳年年。
君王忍把平陈业，只换雷塘数亩田。

〖肆〇〗宋人小说,多不足信。如《雪舟脞语》谓,台州知府唐仲友眷官伎严蕊奴,朱晦庵朱熹系治之。及晦庵移去,提刑岳霖行部至台,蕊乞自便。岳问曰:"去将安归?"蕊赋《卜算子》词云:"住也如何住"云云。案此词系仲友戚高宣教作,使蕊歌以侑觞者,见朱子朱熹《纠唐仲友奏牍》。则《齐东野语》所纪朱、唐公案,恐亦未可信也。

卜算子

〔宋〕严蕊

不是爱风尘,似被前缘误。花落花开自有时,总赖东君主。

去也终须去,住也如何住。若得山花插满头,莫问奴归处。

〖肆壹〗唐五代之词,有句而无篇。南宋名家之词,有篇而无句。有篇有句,唯李后主李煜降宋后之作,及永叔欧阳修、子瞻苏轼、少游秦观、美成周邦彦、稼轩辛弃疾数人而已。

仲山

〔唐〕唐彦谦

千载遗踪寄薛萝,沛中乡里汉山河。
长陵亦是闲丘陇,异日谁知与仲多?

〖肆贰〗唐五代、北宋之词家,倡优也。南宋后之词家,俗子也。二者其失相等。然词人之词,宁失之倡优,不失之俗子。以俗子之可厌,较倡优为甚故也。

蝶恋花

〔宋〕苏轼

花褪残红青杏小。燕子飞时,绿水人家绕。枝上柳绵吹又少,天涯何处无芳草!

墙里秋千墙外道。墙外行人,墙里佳人笑。笑渐不闻声渐悄,多情却被无情恼。

〖肆叁〗《蝶恋花》"独倚危楼"一阕，见《六一词》欧阳修词集，亦见《乐章集》柳永词集。余谓：屯田柳永轻薄子，只能道"奶奶兰心蕙性"《玉女摇仙佩》耳。"衣带渐宽终不悔，为伊消得人憔悴"《凤栖梧》，此等语固非欧公欧阳修不能道也。

玉女摇仙佩

〔宋〕柳永

飞琼伴侣，偶别珠宫，未返神仙行缀。取次梳妆，寻常言语，有得许多姝丽。拟把名花比。恐旁人笑我，谈何容易。细思算、奇葩艳卉，惟是深红浅白而已。争如这多情，占得人间，千娇百媚。

须信画堂绣阁，皓月清风，忍把光阴轻弃。自古及今，佳人才子，少得当年双美。且恁相偎倚。未消得、怜我多才多艺。愿奶奶、兰心蕙性，枕前言下，表余深意。为盟誓。今生断不孤鸳被。

〖肆肆〗读《会真记》者，恶张生之薄倖而恕其奸非。读《水浒传》者，恕宋江之横暴而责其深险。此人人之所同也。故艳词可作，唯万不可作僞薄语。龚定庵龚自珍诗《己亥杂诗》之一三五云："偶赋凌云偶倦飞，偶然闲慕遂初衣。偶逢锦瑟佳人问，便说寻春为汝归。"其人之凉薄无行，跃然纸墨间。余辈读耆卿柳永、伯可康与之词，亦有此感。视永叔欧阳修、希文范仲淹小词何如耶？

己亥杂诗之一三五

〔清〕龚自珍

偶赋凌云偶倦飞，偶然闲慕遂初衣。
偶逢锦瑟佳人问，便说寻春为汝归。

〖肆伍〗词人之忠实，不独对人事宜然，即对一草一木，亦须有忠实之意，否则所谓游词也。

风流子

〔宋〕秦观

东风吹碧草，年华换、行客老沧州。见梅吐旧英，柳摇新绿，恼人春色，还上枝头。寸心乱，北随云黯黯，东逐水悠悠。斜日半山，暝烟两岸。数声横笛，一叶扁舟。

青门同携手，前欢记、浑似梦里扬州。谁念断肠南陌，回首西楼。算天长地久，有时有尽。奈何绵绵，此恨难休。拟待倩人说与，生怕人愁。

〖肆陆〗读《花间》、《尊前集》，令人回想徐陵《玉台新咏》。读《草堂诗馀》，令人回想韦縠《才调集》、读朱竹垞朱彝尊《词综》、张皋文张惠言、董子远董毅《词选》，令人回想沈德潜《三朝诗别裁集》。

惜红衣

〔宋〕姜夔

簟枕邀凉，琴书换日，睡馀无力。细洒冰泉，并刀破甘碧。墙头唤酒，谁问讯、城南诗客。岑寂。高柳晚蝉，说西风消息。

虹梁水陌。鱼浪吹香，红衣半狼藉。维舟试望故国。眇天北。可惜渚边沙外，不共美人游历。问甚时同赋，三十六陂秋色。

〖肆柒〗明季国初诸老之论词,大似袁简斋袁枚之论诗,其失也,纤小而轻薄。竹垞朱彝尊以降之论词者,大似沈归愚沈德潜,其失也,枯槁而庸陋。

洞仙歌

〔宋〕苏轼

冰肌玉骨,自清凉无汗。水殿风来暗香满。绣帘开,一点明月窥人;人未寝,欹枕钗横鬓乱。起来携素手,庭户无声,时见疏星渡河汉。

试问夜如何?夜已三更,金波淡,玉绳低转。但屈指,西风几时来,又不道,流年暗中偷换。

〖肆捌〗东坡苏轼之旷在神,白石姜夔之旷在貌。白石如王衍口不言阿堵物,而暗中为营三窟之计,此其所以可鄙也。

水调歌头 快哉亭作

〔宋〕苏轼

落日绣帘卷,亭下水连空。知君为我新作,窗户湿青红。长记平山堂上,欹枕江南烟雨,渺渺没孤鸿。认得醉翁语,山色有无中。

一千顷,都镜净,倒碧峰。忽然浪起,掀舞一叶白头翁。堪笑兰台公子,未解庄生天籁,刚道有雌雄。一点浩然气,千里快哉风。

〖肆玖〗"纷吾既有此内美兮,又重之以修能。"屈原《离骚》文学之事,于此二者不可缺一。然词乃抒情之作,故尤重内美。无内美而但有修能,则白石姜夔耳。

凤凰台上忆吹箫

〔宋〕李清照

香冷金猊,被翻红浪,起来慵自梳头。任宝奁尘满,日上帘钩。生怕离怀别苦,多少事、欲说还休。新来瘦,非干病酒,不是悲秋。

休休!这回去也,千万遍阳关,也则难留。念武陵人远,烟锁秦楼。惟有楼前流水,应念我、终日凝眸。凝眸处,从今又添,一段新愁。

〖伍〇〗诗人视一切外物,皆游戏之材料也。然其游戏,则以热心为之。故诙谐与严重二性质,亦不可缺一也。

蓦山溪

〔宋〕黄庭坚

鸳鸯翡翠,小小思珍偶。眉黛敛秋波,尽湖南、山明水秀。娉娉袅袅,恰近十三馀,春未透。花枝瘦。正是愁时候。

寻花载酒。肯落谁人后。只恐远归来,绿成阴、青梅如豆。心期得处,每自不由人,长亭柳。君知否。千里犹回首。

附录

自编人间词话选

余于七八年前,偶书词话数十则。今检旧稿,颇有可采者,摘采如下。

〖壹〗词以境界为最上。有境界则自成高格,自有名句。五代、北宋之词所以独绝者在此。

〖贰〗言气格,言神韵,不如言境界。境界,本也;气格、神韵,末也。境界具,而二者随之矣。

〖叁〗有造境,有写境,此理想与写实二派之所由分。然二者颇难区别。因大诗人所造之境,必合乎自然,所写之境,必邻于理想故也。

〖肆〗境非独谓景物也。情感亦人心中之一境界。故能写真景物、真感情者。谓之有境界,否则谓之无境界。

〖伍〗"红杏枝头春意闹",著一"闹"字,而境界全出。"云破月来花弄影",著一"弄"字,而境界全出矣。

〖陆〗境界有大小,然不以是而分优劣。"细雨鱼儿出,微风燕子斜",何遽不若"落日照大旗,马鸣风萧萧"。"宝帘闲挂小银钩",何遽不若"雾失楼台,月迷津渡"也。

〖柒〗《诗·蒹葭》一篇,最得风人深致。晏同叔之"昨夜西风凋碧树。独上高楼,望尽天涯路",意颇近之。但一洒落,一悲壮耳。

〖捌〗"我瞻四方,蹙蹙靡所骋",诗人之忧生也。"昨夜西风凋碧树。独上高楼,望尽天涯路"似之。"终日驰车走,不见所问津",诗人之忧世也。"百草千花寒食路,香车系在谁家树"似之。

〖玖〗成就一切事,罔不历三种境界。"昨夜西风凋碧树。独上高楼,望尽天涯路",此第一境也。"衣带渐宽终不悔,为伊消得人憔悴",此第二境也。"众里寻他千百度,回头蓦见,那人正在灯火阑珊处",此第三境也。此等语均非大词人不能道。然遽以此意解诸词,恐为晏、欧诸公所不许也。

〖壹〇〗太白词纯以气象胜。"西风残照，汉家陵阙"，寥寥八字，遂关千古登临之口。后世唯范文正之《渔家傲》，夏英公之《喜迁莺》，差堪继武，然气象已不逮矣。

〖壹壹〗温飞卿之词，句秀也。韦端己之词，骨秀也。李后主之词，神秀也。词至李后主而境界始大，感慨遂深，遂变伶工之词而为士大夫之词。宋初晏、欧诸公，皆自此出，而花间一派微矣。

〖壹贰〗冯正中词除《鹊踏枝》、《菩萨蛮》数十阕最煊赫外，如《醉花间》之"高树鹊衔巢，斜月明寒草"，虽韦苏州之"流萤渡高阁"、孟襄阳之"疏雨滴梧桐"，不能过也。

〖壹叁〗"画屏金鹧鸪"，飞卿语也，其词品似之。"弦上黄莺语"，端己语也，其词品亦似之。若正中词品欲于其词求之，则"和泪试严妆"殆近之欤？

〖壹肆〗欧阳公《浣溪沙》词"绿杨楼外出秋千"，晁补之谓：只一"出"字，便后人所不能道。余谓：此本于正中《上行杯》词"柳外秋千出画墙"，但欧语尤工耳。

〖壹伍〗少游词境,最为凄婉。至"可堪孤馆闭春寒,杜鹃声里斜阳暮",则变而凄厉矣。东坡赏其后二语,犹为皮相。

〖壹陆〗东坡之词旷,稼轩之词豪,无二人之胸襟而学其词,犹东施之效捧心也。

〖壹柒〗读东坡、稼轩词,须观其雅量高致,有伯夷、柳下惠之风。白石虽似蝉蜕尘埃,终不免局促辕下。

〖壹捌〗昭明太子称,陶渊明诗"跌宕昭彰,独超众类。抑扬爽朗,莫之与京",王无功称,薛收赋"韵趣高奇,词义晦远。嵯峨萧瑟,真不可言",词中惜少此二种气象;前者坡词近之,后者唯白石略得一二耳。

〖壹玖〗白石写景之作,如"二十四桥仍在,波心荡、冷月无声"、"数峰清苦,商略黄昏雨"、"高树晚蝉,说西风消息",虽格韵高绝,然如雾里看花,终隔一层。梅溪、梦窗诸家写景之作,其病皆在一"隔"字。北宋风流,过正遂绝,抑真有风会存乎其间耶?

〖贰〇〗东坡、稼轩词中之狂,白石词中之狷,若梅溪、梦窗、草窗、玉田、西麓、竹山之词,则乡愿而已。

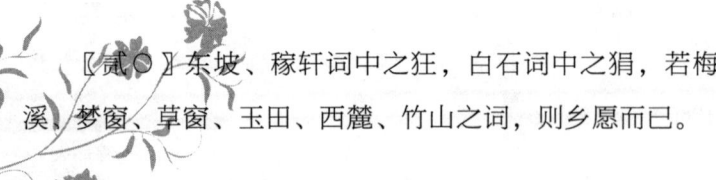

〖贰壹〗问"隔"与"不隔"之别,曰:"生年不满百,常怀千岁忧。昼短苦夜长,何不秉烛游"、"服食求神仙,多为药所误。不如饮美酒,被服纨与素",写情如此,方为不隔。"采菊东篱下,悠然见南山。山气日夕佳,飞鸟相与还"、"天似穹庐,笼盖四野。天苍苍,野茫茫,风吹草低见牛羊",写景如此,方为不隔。词亦如之。如欧阳公《少年游》咏春草云:"阑干十二独凭春,晴碧远连云。千里万里,三月二月,行色苦愁人",语语皆在目前,便是不隔。至换头云:"谢家池上,江淹浦畔,吟魄与离魂。"使用故事,便不如前半精彩。然欧词前既实写,故至此不能不拓开;若通体如此,则成笑柄。南宋人词,则不免通体皆是"谢家池上"矣。

〖贰贰〗国朝人词。余最爱宋直方《蝶恋花》"新样罗衣浑弃却,犹寻旧日春衫著",及谭复堂之"连理枝头侬与汝,千花百草从渠许"。以为最得风人之旨。

〖贰叁〗近人词如复堂之深婉,彊村之隐秀,当在吾家半塘翁上。彊村学梦窗,而情味较梦窗反胜。盖有临川、庐陵之高华,而济以白石之疏越者。学人之词,斯为极则。然于古人自然神妙处,尚未梦见。半唐《丁稿》和冯正中《鹊踏枝》十阕,乃《鹜翁词》之最精者。"望远愁多休纵目"等阕,郁伊惝恍,令人不能为怀。《定稿》只存六阕,殊为未允。

人间词话删稿

〖壹〗双声、叠韵之论,盛于六朝,唐人犹多用之。至宋以后,则渐不讲,并不知二者为何物。乾嘉间,吾乡周松霭先生春著《杜诗双声叠韵谱括略》,正千馀年之误,可谓有功文苑者矣。其言曰:"两字同母,谓之双声;两字同韵,谓之叠韵。"余按:用今日各国文法通用之语表之,则两字同一子音者,谓之双声。(如《南史·羊元保传》之"官家恨狭,更广八分","官、家、更、广"四字,皆从"k"得声。《洛阳伽蓝记》之"狞奴慢骂","狞、奴"二字,皆从"n"得声,"慢、骂"二字,皆从"m"得声是也)。两字同一母音者,谓之叠韵。(如梁武帝之"后牖有朽柳","后、牖、有"三字,双声而兼叠韵,"有、朽、柳"三字,其母音皆为"u"。刘孝绰之"梁皇长康强","梁、长、强"三字,其母音皆为"ian"也。)自李淑《诗苑》伪造沈约之说,以双声、叠韵为诗中八病之二,后世诗家多废而不讲,亦不复用之于词。余谓苟于词之荡漾处多用叠韵,促节处用双声,则其铿锵可诵,必有过于前人者。惜世之[1]专讲音律者,尚未悟此者。

①"世之"最初为"白石、玉田诸家"。

〖贰〗昔人但知双声之不拘四声,不知叠韵亦不拘平、上、去三声。凡字之同母音者,虽平仄有殊,皆叠韵也。

〖叁〗诗词之题目,本为自然及人生。自古人误以为美刺、投赠、咏史、怀古之用,题目既误,诗亦自不能佳。后人才不及古人,见古名大家亦有此等作,遂遗其独到之处而专学此种,不复知诗之本意。于是豪杰之士出,不得不变其体格,如楚辞,汉之五言诗,唐五代、北宋之词皆是也。故此等文学皆无题。①

①本则删稿原是从第55则词话中删去的。

〖肆〗昔人论诗词,有景语、情语之别。不知一切景语,皆情语也。

〖伍〗"岂不尔思,室是远而。"孔子讥之。故知孔门而用词,则"甘作一生拚,尽君今日欢"等作必不在见

删之数。

〖陆〗和凝《长命女》词:"天欲晓。宫漏穿花声缭绕,窗里星光少。冷霞寒侵帐额,残月光沉树杪。梦断锦闱空悄悄,强起愁眉小。"此词前半,不减夏英公《喜迁莺》也。此词见《乐府雅词》,《历代诗馀》选之。

〖柒〗《提要》:王明清《挥麈录》载,曾布所作《冯燕歌》,已成套数,与词律殊途。毛西河《词话》谓:赵德麟令畴作《商调鼓子词》谱《西厢传奇》,为杂剧之祖。然《乐府雅词》卷首所载秦少游、晁补之、郑彦能(名仅)《调笑转踏》,首有致语,末有放队,每调之前有口号诗,甚似曲本体例。无名氏《九张机》亦然。至董颖《道宫薄媚》大曲咏西子事,凡十只曲,皆平仄通押,则竟是套曲。此可与《弦索西厢》同为曲家之革路。曹氏置诸《雅词》卷首,所以别之于词也。颖字仲达,绍兴初人,从汪彦章、徐师川游,彦章为作《字说》,见《书录解题》。

〖捌〗宋人遇令节、朝贺、宴会、落成等事,有致语一种,亦谓之参语,亦谓之念语。宋子京、欧阳永叔、苏子瞻、陈后山、文宋瑞集中皆有之。《啸馀谱》列之于词曲之间。其式先教坊致语(四六文),次口号(诗),次句合曲(四六文),次句小儿队(四六文),次队名

（诗二句），次问小儿，次小儿致语，次句杂剧（皆四六文），次放队（或诗或四六文）。若有女弟子队，则句女弟子队如前。其所歌之词曲与所演之剧，则自伶人定之。少游、补之之《调笑》乃并为之作词。元人杂剧乃以曲代之。曲中楔子、科白、上下场诗，犹是致语、口号、句队、放队之遗。此故程明善《啸馀谱》所以列致语于词曲之间者也。

〖玖〗明顾梧芳刻《尊前集》二卷，自为之引。并云："明嘉禾顾梧芳编次。"毛子晋刻《词苑英华》，疑为梧芳所辑。朱竹垞跋称：吴下得吴宽手钞本，取顾本勘之，靡有不同，因定为宋初人编辑。《提要》两存其说。案《古今词话》云："赵崇祚《花间集》载温飞卿《菩萨蛮》甚多，合之吕鹏《尊前集》，不下二十阕。"今考顾刻所载飞卿《菩萨蛮》五首，除"咏泪"一首外，皆《花间》所有，知顾刻虽非自编，亦非复吕鹏所编之旧矣。《提要》又云："张炎《乐府指迷》虽云唐人有《尊前》、《花间集》，然《乐府指迷》真出张炎与否，盖未可定。陈振孙《书录解题》'歌词类'以《花间集》为首，注曰：'此近世倚声填词之祖。'而无《尊前集》之名。不应张炎见之而陈振孙不见。"然《书录解题·阳春录》条下引高邮崔公度语曰："《尊前》、《花间》往往谬其姓氏。"公度元祐间人，《宋史》有传。则北宋固有此书，不过直斋未见耳。

又案：黄昇《花庵词选》李白《清平乐》下注云："翰林应制。"又云："案唐吕鹏《遏云集》载应制词四首，以后二首无清逸气韵，疑非太白所作云。"非云今《尊前集》所载太白《清平乐》有五首。岂《尊前集》一名《遏云集》，而四首、五首之不同，乃花庵所见之本略异欤？又欧阳炯《花间集序》谓："明皇朝有李太白应制《清平乐》四首。"则唐宋时只有四首，岂末一首为梧芳所羼入，非吕鹏之旧欤？

〖壹〇〗《楚辞》之体，非屈子之所创也。《沧浪》、《凤兮》之歌，已与三百篇异，然至屈子而最工。五、七律始于齐梁而盛于唐，词源于唐而大成于北宋。故最工之文学，非徒善创，亦且善因。

〖壹壹〗《沧浪》、《凤兮》二歌，已开《楚辞》体格。然《楚辞》之最工者，推屈原、宋玉，而后此王褒、刘向之词不与焉。五古之最工者，实推阮嗣宗、左太冲、郭景纯、陶渊明，而前此曹、刘，后此陈子昂、李太白不与焉。词之最工者，实推后主、正中、永叔、少游、美成，而前此温、韦，后此姜、吴，皆不与焉。

〖壹贰〗金朗甫作《词选后序》，分词为淫词、鄙词、游词三种，词之弊尽是矣。五代、北宋之词，其失也淫；辛、刘之词，其失也鄙；姜、张之词，其失也游。

人间词话附录

〖壹〗蕙风词小令似叔原,长调亦在清真、梅溪间,而沉痛过之。彊村虽富丽精工,犹逊其真挚也。天以百凶成就一词人,果何为哉。

〖贰〗蕙风《洞仙歌》(秋日游某氏园)及《苏武慢》(寒夜闻角)二阕,境似清真。集中他作,不能过之。

以上两条摘自王国维《蕙风琴趣》评语

〖叁〗彊村词,余最赏其《浣溪沙》"独鸟冲波去意闲"二阕,笔力峭拔,非他词可能过之。

〖肆〗蕙风听歌诸作,自以《满路花》为最佳。至《题香南雅集图》诸词,殊觉泛泛,无一言道著。

以上两条摘自《丙寅日记》所记王国维论学语

〖伍〗（皇甫松）词，黄叔旸称其《摘得新》二首，为有达观之见。余谓不若《忆江南》二阕，情味深长，在乐天、梦得上也。

〖陆〗端己词情深语秀，虽规模不及后主、正中，要在飞卿之上。观昔人颜谢优劣论可知矣。

〖柒〗（毛文锡）词，比牛、薛诸人，殊为不及。叶梦得谓："文锡词以质直为情致，殊不知流于率露。诸人评庸陋词者，必曰，此仿毛文锡之《赞成功》而不及者。"其言是也。

〖捌〗（魏承班）词，逊于薛昭蕴、牛峤，而高于毛文锡，然皆不如王衍。五代词以帝王为最工，岂不以无意于求工欤？

〖玖〗（顾）夐词，在牛给事、毛司徒间。《浣溪沙》（春色迷人）一阕，亦见《阳春录》。与《河传》、《诉衷情》数阕，当为夐最佳之作矣。

〖壹〇〗周密《齐东野语》称其词（指毛熙震词）"新警而不为儇薄"。余尤爱其《后庭花》，不独意胜，即以调论，亦有隽上清越之致，视文锡蔑如也。

〖壹壹〗（阎选）词唯《临江仙》第二首有轩翥之意，余尚未足与于作者也。

〖壹贰〗昔沈文悫深赏（张）泌"绿杨花扑一溪烟"为晚唐名句。然其词如"露浓香泛小庭花"，较前语似更幽艳。

〖壹叁〗（孙光宪词）昔黄玉林赏其"一庭疏雨诣春愁"为古今佳句。余以为不若"片帆烟际闪孤光"，尤有境界也。

以上录自《唐五代二十一家词辑》诸跋

〖壹肆〗（周清真）先生于诗文无所不工，然尚未尽脱古人蹊径。平生著述，自以乐府为第一。词人甲乙，宋人早有定论，惟张叔夏病其意趣不高远。然北宋人如欧、苏、秦、黄，高则高矣，至精工博大，殊不逮先生。故以宋词比唐诗，则东坡似太白，欧、秦似摩诘，耆卿似乐天，方回、叔原，则大历十子之流。南宋惟一稼轩可比昌黎。而词中老杜，则非先生不可。昔人以耆卿比少陵，犹为未当也。

〖壹伍〗（清真）先生之词，陈直斋谓其"多用唐人诗句隐括入律，浑然天成"。张玉田谓其"善于融化诗句"，然此不过一端。不如强焕云"模写物态，曲尽其

妙"为知言也。

〖壹陆〗山谷云："天下清景，不择贤愚而与之，然吾特疑端为我辈设。"诚哉是言。抑岂独清景而已，一切境界，无不为诗人设。世无诗人，即无此种境界。夫境界之呈于吾心而见于外物者，皆须臾之物。惟诗人能以此须臾之物，镌诸不朽之文字，使读者自得之。遂觉诗人之言，字字为我心中所欲言，而又非我之所能自言，此大诗人之秘妙也。境界有二：有诗人之境界，有常人之境界。诗人之境界，惟诗人能感之而能写之，故读其诗者，亦高举远慕，有遗世之意。而亦有得有不得，且得之者亦各有深浅焉。若夫悲欢离合，羁旅行役之感，常人皆能感之，而惟诗人能写之。故其入于人者至深，而行于世也尤广。（清真）先生之词，属于第二种为多。故宋时别本之多，他无与匹。又和者三家、注者二家。自士大夫以至妇人女子，莫不知有清真，而种种无稽之言，亦由此以起。然非入人之深，乌能如是耶。

〖壹柒〗楼忠简谓（清真）先生"妙解音律"，惟王晦叔《碧鸡漫志》谓"江南某氏者，解音律，时时度曲。周美成与有瓜葛。每得一解，即为制词。故周集中多新声"。则集中新曲，非尽自度。然顾曲名堂，不能自已，固非不知音者。故先生之词，文字之外，须兼味其音律。惟词中所注宫调，不出教坊十八调之外。则其音非大晟乐府之新声，而为隋、唐以来之燕乐，固可知也。今其声虽亡，读其词者，犹觉拗怒之中，自饶和婉。曼声促节，繁会相宣，清浊抑扬，辘轳交往。两宋之间。一人而已。

〖壹捌〗伪词最多。强焕本所增强半皆是。如《片玉词》上《青玉案》（良夜灯光簇如豆）一阕，乃改山谷《忆帝京》词为之者，决非先生作。

以上摘自《清真先生遗事·尚论三》

〖壹玖〗（《云谣集·杂曲子》）《天仙子》词，特深峭隐秀，堪与飞卿、端己抗行。

摘自《观堂集林·唐写本〈云谣集杂曲子〉跋》

〖贰〇〗有明一代，乐府道衰。《写情》、《扣舷》，尚有宋元遗响。仁、宣以后，兹事几绝。独文愍（夏言）以魁硕之才，起而振之。豪壮典丽，与于湖、剑南为近。

摘自《观堂外集·桂翁词跋》

〖贰壹〗欧公《蝶恋花》"面旋落花"云云，字字沉响，殊不可及。

摘自王国维旧藏《六一词》眉间批语

〖贰贰〗《片玉词》"良夜灯光簇如豆"一首，乃改

山谷《忆帝京》词为之者，似屯田最下之作，非美成所宜有也。

摘自王国维旧藏《片玉词》眉间批语

〖贰叁〗温飞卿《菩萨蛮》"雨后却斜阳，杏花零落香"。少游之"雨馀芳草斜阳。杏花零乱燕泥香"。虽自此脱胎，而实有出蓝之妙。

〖贰肆〗白石尚有骨，玉田则一乞人耳。

〖贰伍〗美成词多作态，故不是大家气象。若同叔、永叔，虽不作态，而一笑百媚生矣。此天才与人力之别也。

〖贰陆〗周介存谓"白石以诗法入词，门庭浅狭，如孙过庭书，但便后人模仿"。予谓近人所以崇拜玉田，亦由于此。

〖贰柒〗予于词，五代喜李后主、冯正中，而不喜《花间》。宋喜同叔、永叔、子瞻、少游，而不喜美成。南宋只爱稼轩一人，而最恶梦窗、玉田。介存《词辨》所选词，颇多不当人意。而其论词则多独到之语。始知天下固有具眼人，非予一人之私见也。

以上摘自王国维旧藏《词辨》眉间批语

〖贰捌〗王君静安将刊其所为《人间词》,诒书告余曰:"知我词者莫如子,叙之亦莫如子宜。"余与君处十年矣,比年以来,君颇以词自娱。余虽不能词,然喜读词。每夜漏始下,一灯荧然,玩古人之作,未尝不与君共。君成一阕,易一字,未尝不以讯余。既而睽离,苟有所作,未尝不邮以示余也。然则余于君之词,又乌可以无言乎。

夫自南宋以后,斯道之不振久矣。元明及国初诸老,非无警句也。然不免乎局促者,气困于雕琢也。嘉道以后之词,非不谐美也。然无救于浅薄者,意竭于摹拟也。君之于词,于五代喜李后主、冯正中,于北宋喜永叔、子瞻、少游、美成,于南宋除稼轩、白石外,所嗜盖鲜矣。尤痛诋梦窗、玉田。谓梦窗砌字,玉田垒句。一雕琢,一敷衍。其病不同,而同归于浅薄。六百年来词之不振,实自此始。

其持论如此。及读君自所为词,则诚往复幽咽,动摇人心。快而沉,直而能曲。不屑屑于言词之末,而名句间出,殆往往度越前人。至其言近而指远,意决而辞婉,自永叔以后,殆未有工如君者也。君始为词时,亦不自意其至此,而卒至此者,天也,非人之所能为也。若夫观物之微,托兴之深,则又君诗词之特色。求之古代作者,罕有伦比。

呜呼,不胜古人,不足以与古人并,君其知之矣。世有疑余言者乎,则何不取古人之词与君词比类而观之也?

光绪丙午三月,山阴樊志厚叙。

〖贰玖〗去岁夏,王君静安集其所为词,得六十馀阕,名曰《人间词甲稿》,余既叙而行之矣。今冬,复汇所作词为《乙稿》,丐余为之叙。余其敢辞。

乃称曰:文学之事,其内足以摅己,而外足以感人者,意与境二者而已。上焉者意与境浑,其次或以境胜,或以意胜。苟缺其一,不足以言文学。原夫文学之所以有意境者,以其能观也。出于观我者,意馀于境。而出于观物者,境多于意。然非物无以见我,而观我之时,又自有我在。故二者常互相错综,能有所偏重,而不能有所偏废也。文学之工不工,亦视其意境之有无与其深浅而已。自夫人不能观古人之所观,而徒学古人之所作,于是始有伪文学。学者便之,相尚以辞,相习以模拟,遂不复知意境之为何物,岂不悲哉!苟持此以观古今人之词,则其得失,可得而言焉。温韦之精艳,所以不如正中者,意境有深浅也。珠玉所以逊六一,小山所以愧淮海者,意境异也。美成晚出,始以辞采擅长,然终不失为北宋人之词者,有意境也。南宋词人之有意境者,唯一稼轩,然亦若不欲以意境胜。白石之词,气体雅健耳,至于意境,则去北宋人远甚。及梦窗、玉田出,并不求诸气体,而惟文字之是务,于是词之道熄矣。自元迄明,益以不振。至于国朝,而纳兰侍卫以天赋之才,崛起于方兴之族。其所为词,悲凉顽艳,独有得于意境之深,可谓豪杰之士,奋乎百世之下者矣。同时朱、陈，既非劲敌；后世项、蒋，尤难鼎足。至乾嘉以降，审乎体格韵律之间者愈微，而意味之溢于字句之表者愈浅。岂非拘泥文字，而不求诸意境之失欤？抑观我观物之事自有天在，固难期诸流俗欤？余与静安，均夙持此论。

　　静安之为词，真能以意境胜。夫古今人词之以意胜者，莫若欧阳公。以境胜者，莫若秦少游。至意境两浑，则惟太白、后主、正中数人足以当之。静安之词，大抵意深于欧，而境次于秦。至其合作，如《甲稿·浣溪沙》之"天末同云"、蝶恋花之"昨夜梦中"、《乙稿·蝶恋花》之"百尺朱楼"等阕，皆意境两忘，物我一体，高蹈乎八荒之表，而抗心乎千秋之间。骎骎乎两汉之疆域，广于三代；贞观之政治，隆于武德矣。方之侍卫，岂徒伯仲。此固君所得于天者独深，抑岂非致力于意境之效也。至君词之体裁，亦与五代北宋为近。然君词之所以为五代北宋之词者，以其有意境在。若以其体裁故，而至遽指为五代北宋，此又君之不任受。固当与梦窗、玉田之徒，专事摹拟者，同类而笑之也。光绪三十三年十月，山阴樊志厚叙。

　　以上樊志原叙二则附入，摘自《海宁王静安先生遗书》

人间词话补遗

〖壹〗（皇甫松）词，黄叔旸称其《摘得新》二首[1]，为有达观之见[2]。余谓不若《忆江南》二阕[3]，情味深长，在乐天、梦得上也。

[1] 皇甫松《摘得新》："酌一卮。须教玉笛吹。锦筵红蜡烛，莫来迟。繁红一夜经风雨，是空枝。"（其一）

"摘得新。枝枝叶叶春。管弦兼美酒，最关人。平生都得几十度，展香茵。"（其二）（据观堂自辑本《檀栾子词》）

[2] 黄升语见《历代诗馀》卷一百十三引。

[3] 皇甫松《忆江南》："兰烬落，屏上暗红蕉。闲梦江南梅熟日，夜船吹笛雨潇潇。人语驿边桥。"（其一）

"楼上寝，残月下帘旌。梦见秣陵惆怅事，桃花柳絮满江城。双髻坐吹笙。"（其二）（据《檀栾子词》）

〖贰〗端己词情深语秀，虽规模不及后主、正中，要在飞卿之上。观昔人颜、谢优劣论①可知矣。

①《南史·颜延之传》："延之尝问鲍照己与谢灵运优劣，照曰：'谢五言诗如初发芙蓉，自然可爱。君诗如铺锦列绣，亦雕绩满眼。'延年终身病之。"又钟嵘《诗品》："汤惠休曰：'谢诗如芙蓉出水，颜诗如错采镂金。'颜终身病之。"

〖叁〗（毛文锡）词比牛、薛诸人殊为不及。叶梦得谓："文锡词以质直为情致，殊不知流于率露。诸人评庸陋词者，必曰：此仿毛文锡之《赞成功》①而不及者。"其言是也。

①毛文锡《赞成功》："海棠为圻，万点深红。香包缄结一重重。似含羞态，邀勒春风。蜂来蝶去，任绕芳丛。昨夜微雨，飘洒庭中。忽闻声滴井边桐。美人惊起，坐听晨钟。快教折取，戴玉珑璁。"（据观堂自辑本《毛司徒词》）

〖肆〗（魏承班）词逊于薛昭蕴、牛峤而高于毛文锡，然皆不如王衍。五代词以帝王为最工，岂不以无意于求工欤？

〖伍〗（顾）夐词在牛给事、毛司徒间。《浣溪沙》"春色迷人"一阕①，亦见《阳春录》。与《河传》、《诉衷情》数阕②，当为夐最佳之作矣。

①顾夐《浣溪沙》："春色迷人恨正赊，可堪荡子不还家。细风轻露著梨花。帘外有情双燕飏，槛前无力绿杨斜。小屏狂梦极天涯。"（据《顾太尉词》）

②顾夐《河传》："燕飏。晴景。小窗屏暖，鸳鸯交颈。菱花掩却翠鬟敧，慵整。海棠帘外影。绣帏香断金鸂鶒，无消息，心事空相忆。倚东风，春正浓。愁红，泪痕衣上重。"（其一）

"曲槛，春晚。碧流纹细，绿杨丝软。露花鲜，杏枝繁，莺啭，野芜平似剪。直是人间到天上，堪游赏，醉眼疑屏幛。对池塘，惜韶光，断肠，为花须尽狂。"（其二）

"棹举，舟去。波光渺渺，不知何处。岸花汀草共依依，雨微，鹧鸪相逐飞。天涯离恨江声咽，啼猿切，此意向谁说。倚兰桡，独无憀，魂销，小炉香欲焦。"（其三）

〖陆〗（毛熙震）周密《齐东野语》称其词新警而不为儇薄①。余尤爱其《后庭花》②，不独意胜，即以调论，亦有隽上清越之致，视文锡蔑如也。

①周密语见《历代诗馀》卷一百十三引，今传各本均阙。
②毛熙震《后庭花》："莺啼燕语芳菲节，瑞庭花发。昔时欢宴歌声揭，管弦清越。自从陵谷追游歇，画梁尘黦。伤心一片如

珪月，闲锁宫阙。"（其一）

"轻盈舞伎含芳艳，竞妆新脸。步摇珠翠修蛾敛，腻鬟云染。歌声慢发开檀点，绣衫斜掩。时将纤手匀红脸，笑拈金靥。"（其二）

"越罗小袖新香茜，薄笼金钏。倚栏无语摇金扇，半遮匀面。春残日暖莺娇懒，满庭花片。争不教人长相见，画堂深院。"（其三）（据观堂自辑本《毛秘书词》）

〖柒〗（阎选）词唯《临江仙》第二首①有轩翥之意，馀尚未足与于作者也。

①阎选《临正仙》："十二高峰天外寒。竹梢轻拂仙坛。宝衣行雨在云端。画帘深殿，香雾冷风残。欲问楚王何处去？翠屏犹掩金鸾。猿啼明月照空滩。孤舟行客，惊梦亦艰难。"（据观堂自辑本《阎处士词》）

〖捌〗昔沈文悫深赏（张）泌"绿杨花扑一溪烟"①为晚唐名句②。然其词如"露浓香泛小庭花"③，较前语似更幽艳。

①张泌《洞庭阻风》："空江浩荡景萧然，尽日菰蒲泊钓船。青草浪高三月渡，绿杨花扑一溪烟。情多莫举伤春目，愁极兼无买酒钱。犹有渔人数家住，不成村落夕阳边。"（据《全唐诗》卷二十七）

②沈文悫语见《唐诗别裁》卷十六,张玭《夏日题老将林亭》一诗后评语。

③张泌《浣溪沙》:"独立寒阶望月华,露浓香泛小庭花。绣屏愁背一灯斜。云雨自从分散后,人间无路到仙家。但凭魂梦访天涯。"(据观堂自辑本《张舍人词》)

〖玖〗(孙光宪词)昔黄玉林赏其"一庭花(当作'疏')雨湿春愁"①为古今佳句②。余以为不若"片帆烟际闪孤光"③尤有境界也。

①孙光宪《浣溪沙》:"揽镜无言泪欲流,凝情半日懒梳头。一庭疏雨湿春愁。杨柳只知伤怨别,杏花应信损娇羞。泪沾魂断轸离忧。"(据观堂自辑本《孙中丞词》)

②黄升语见《历代诗馀》卷一百十三引。

③孙光宪《浣溪沙》:"蓼岸风多橘柚香,江边一望楚天长。片帆烟际闪孤光。目迟征鸿飞杳杳,思随流水去茫茫。兰红波碧忆潇湘。"(据《孙中丞词》)

〖壹〇〗先生(周清真)于诗文无所不工,然尚未尽脱古人蹊径。平生著述,自以乐府为第一。词人甲乙,宋人早有定论①。惟张叔夏病其意趣不高远②。然北宋人如欧、苏、秦、黄,高则高矣,至精工博大,殊不逮先生。故以宋词比唐诗,则东坡似太白,欧秦似摩诘,耆卿似乐天,方回、叔原则大历十子之流。南宋惟一稼轩可比昌黎。而词中老杜则非先生不可。昔人以耆卿比少陵③，犹为未当也。

①陈振孙《直斋书录解题》集部歌词类《清真词》二卷《续集》一卷下云："周美成邦彦撰，多用唐人诗语，隐栝入律，浑然天成。长调尤善铺叙，富艳精工，词人之甲乙也。"
②张炎《词源》卷下："美成词只当看他浑成处，于软媚中有气魄。采唐诗融化如自己者乃其所长。惜乎意趣却不高远。"
③张端义《贵耳集》卷上："项平斋训：'学诗当学杜诗，学词当学柳词。'杜诗、柳词，皆无表德，只是实说。"

〖壹壹〗先生（清真）之词，陈直斋谓其多用唐人诗句隐栝入律，浑然天成。张玉田谓其善于融化诗句，然此不过一端。不如强焕云："模写物态，曲尽其妙。"①为知言也。

①见汲古阁本《片玉词》强焕《题周美成词》。

〖壹贰〗山谷云："天下清景，不择贤愚而与之，然吾特疑端为我辈设。"①诚哉是言！抑岂独清景而已，一切境界，无不为诗人设。世无诗人，即无此种境界。夫境界之呈于吾心而见于外物者，皆须臾之物，惟诗人能以此须臾之物，镌诸不朽之文字，使读者自得之。遂觉诗人之言，字字为我心中所欲言，而又非我之所能自言，此大诗人之秘妙也。境界有二：有诗人之境界，有常人之境界。

诗人之境界，惟诗人能感之而能写之，故读其诗者亦高举远慕，有遗世之意。而亦有得有不得，且得之者亦各有深浅焉。若夫悲欢离合，羁旅行役之感，常人皆能感之，而惟诗人能写之。故其入于人者至深，而行于世也尤广。先生（清真）之词，属于第二种为多。故宋时别本之多，他无与匹②。又和者三家③，注者二家④（强焕本亦有注，见毛跋）。自士大夫以至妇人女子，莫不知有清真，而种种无稽之言，亦由此以起⑤。然非入人之深，乌能如是耶？

①此数语见释惠洪《冷斋夜话》卷三。

②观堂先生《清真先生遗事·著述二》："案先生词集，其古本则见于《景定严州续志》、《花庵词选》者曰《清真诗馀》；见于《词源》者曰《圈法美成词》；见于《直斋书录》者曰《清真词》，曰《曹杓注清真词》。又与方千里、杨泽民《和清真词》合刻者曰《三英集》（见毛晋《方千里〈和清真词〉跋》）。子晋所藏《清真集》，其源亦出宋本，加以溧水本。是宋时已有七本。别本之多，力古今词家未有。"

③宋人之和清真全词者有方千里《和清真词》（汲古阁刻《宋六十名家词》本）、杨泽民《和清真词》（江标刻《宋元名家词》本）及陈允平《西麓继周集》（朱祖谋刻《彊村丛书》本）三家。

④宋人注《清真词》者有曹杓、陈元龙两家。曹注已逸，陈注即《彊村丛书》本《片玉集》。

⑤宋人笔记之记清真轶事者甚多。若张端义《贵耳集》、周

密《浩然斋雅谈》、王明清《挥麈馀话》、王灼《碧鸡漫志》等书均有，类多无稽之言。观堂先生于《清真先生遗事·事迹一》中一一辨之，斥为好事者为之也。

〖壹叁〗楼忠简谓先生（清真）妙解音律①。惟王晦叔《碧鸡漫志》谓："江南某氏者，解音律，时时度曲。周美成与有瓜葛。每得一解，即为制词。故周集中多新声。"②则集中新曲，非尽自度。然顾曲名堂，不能自已，固非不知音者。故先生之词，文字之外，须兼味其音律。惟词中所注宫调，不出教坊十八调之外。则其音非大晟乐府之新声，而为隋唐以来之燕乐，固可知也。今其声虽亡，读其词者，犹觉拗怒之中，自饶和婉。曼声促节，繁会相宣；清浊抑扬，辘轳交往。两宋之间，一人而已。

①楼钥《清真先生文集序》："公性好音律，如古之妙解，顾曲名堂，不能自已。"
②见《碧鸡漫志》卷第二。

〖壹肆〗（《云谣集杂曲子》）《天仙子》词①，特深峭隐秀，堪与飞卿、端己抗行。

①在《云谣集杂曲子》内有《天仙子》二首，但观堂先生写此文时，犹仅见其一，惟不知为何首耳。兹将两首一并录之。
"燕语啼时三月半，烟蘸柳条金线乱。五陵原上有仙娥，

携歌扇。香烂漫,留住九华云一片。犀玉满头花满面,负妾一双偷泪眼。泪珠若得似珍珠,拈不散。知何限?串向红丝应百万。"

(其一)

"燕语莺啼惊觉梦,羞见鸾台双舞凤。天仙别后信难通,无人问,花满洞。休把同心千遍弄。叵耐不知何处去,正是花开谁是主?满楼明月应三更,无人语,泪如雨。便是思君肠断处。"

(其二)

〖壹伍〗(王)以凝词句法精壮,如和虞彦恭寄钱逊升(当作"叔")《蓦山溪》一阕①、重午登霞楼《满庭芳》一阕②,舣舟洪江步下《浣溪沙》一阕③,绝无南宋浮艳虚薄之习。其他作亦多类是也。

①王周士《蓦山溪》(和虞彦恭寄钱逊叔):"平山堂上,侧帽歌南浦。醉望五州山,渺千里银涛东注。钱郎英远,满腹贮精神。窥素壁,墨栖鸦,历历题诗处。风袭雪帽,踏遍荆湘路。回首古扬州,沁天外残霞一缕。德星光次,何日照长沙。《渔夫曲》、《竹枝词》,万古歌来暮。"(据《彊村丛书》本《王周士词》)

②王周士《满庭芳》(重午登霞楼):"千古黄州,雪堂奇胜,名与赤壁齐高。竹楼千字,笔势压江涛。笑问江头皓月,应曾照、今古英豪。菖蒲酒,瓟尊无恙,聊共访临皋。陶陶。谁晤对,梨花吐论,宫锦纫袍。借银涛雪浪,一洗尘劳。好在江山如画,人易老、双鬓难荏。升平代,凭高望远,当赋《反离骚》。"(据《王周士词》)

③王周士《浣溪沙》（舣舟洪江步下）："起看船头蜀锦张，沙汀红叶舞斜阳。杖絮惊起睡鸳鸯。木落群山雕玉□，霜和冷月浸澄江。疏篷今夜梦潇湘。"（据《王周士词》）

〖壹陆〗有明一代，乐府道衰。写情、扣舷，尚有宋元遗响。仁宣以后，兹事几绝。独文愍（夏言）以魁硕之才，起而振之。豪壮典丽，与于湖、剑南为近。

〖壹柒〗《人间词甲稿》序。王君静安将刊其所为《人间词》，诒书告余曰："知我词者莫如子，叙之亦莫如子宜。"余与君处十年矣，比年以来，君颇以词自娱。余虽不能词，然喜读词。每夜漏始下，一灯荧然，玩古人之作，未尝不与君共。君成一阕，易一字，未尝不以讯余。既而睽离，苟有所作，未尝不邮以示余也。然则余于君之词，又乌可以无言乎？

夫自南宋以后，斯道之不振久矣！元、明及国初诸老，非无警句也。然不免乎局促者，气困于雕琢也。嘉道以后之词，非不谐美也，然无救于浅薄者，意竭于摹拟也。君之于词，于五代喜李后主、冯正中，于北宋喜永叔、子瞻、少游、美成，于南宋除稼轩、白石外，所嗜盖鲜矣。尤痛诋梦窗、玉田，谓梦窗砌字，玉田垒句，一雕琢，一敷衍。其病不同，而同归于浅薄。六百年来词之不振，实自此始。

其持论如此。及读君自所为词，则诚往复幽咽，动摇

人心。快而沉,直而能曲。不屑屑于言词之末,而名句间出,殆往往度越前人。至其言近而旨远,意决而辞婉,自永叔以后,殆未有工如君者也。君始为词时,亦不自意其至此,而卒至此者,天也,非人之所能为也。若夫观物之微,托兴之深,则又君诗词之特色。求之古代作者,罕有伦比。呜呼!不胜古人,不足以与古人并,君其知之矣。世有疑余言者乎,则何不取古人之词与君词比类而观之也?

光绪丙午三月,山阴樊志厚叙。

〖壹捌〗《人间词乙稿》序。去岁夏,王君静安集其所为词,得六十馀阕,名曰《人间词甲稿》,余既叙而行之矣。今冬复汇所作词为《乙稿》,丐余为之叙。余其敢辞。

乃称曰:文学之事,其内足以摅己,而外足以感人者,意与境二者而已。上焉者意与境浑,其次或以境胜,或以意胜。苟缺其一,不足以言文学。原夫文学之所以有意境者,以其能观也。出于观我者,意馀于境。而出于观物者,境多于意。然非物无以见我,而观我之时,又自有我在。故二者常互相错综,能有所偏重,而不能有所偏废也。文学之工不工,亦视其意境之有无与其深浅而已。自夫人不能观古人之所观,而徒学古人之所作,于是始有伪文学。学者便之,相尚以辞,相习以模拟,遂不复知意境之为何物,岂不悲哉!

苟持此以观古今人之词，则其得失可得而言焉。温韦之精艳，所以不如正中者，意境有深浅也。珠玉所以逊六一，小山所以愧淮海者，意境异也。美成晚出，始以辞采擅长，然终不失为北宋人之词者，有意境也。南宋词人之有意境者，唯一稼轩，然亦若不欲以意境胜。白石之词，气体雅健耳，至于意境，则去北宋人远甚。及梦窗、玉田出，并不求诸气体，而惟文字之是务，于是词之道熄矣。自元迄明，益以不振。至于国朝，而纳兰侍卫以天赋之才，崛起于方兴之族。其所为词，悲凉顽艳，独有得于意境之深，可谓豪杰之士，奋乎百世之下者矣。同时朱陈，既非劲敌；后世项蒋，尤难鼎足。至乾嘉以降，审乎体格韵律之间者愈微，而意味之溢于字句之表者愈浅。岂非拘泥文字而不求诸意境之失欤？抑观我观物之事自有天在，固难期诸流俗欤？余与静安，均夙持此论。

　　静安之为词，真能以意境胜。夫古今人词之以意胜者，莫若欧阳公。以境胜者，莫若秦少游。至意境两浑，则惟太白、后主、正中数人足以当之。静安之词，大抵意深于欧，而境次于秦。至其合作，如《甲稿·浣溪沙》之"天末同云"①、《蝶恋花》之"昨夜梦中"②、《乙稿·蝶恋花》之"百尺朱楼"②等阕，皆意境两忘，物我一体。高蹈乎八荒之表，而抗心乎千秋之间，骎骎乎两汉之疆域，广于三代，贞观之政治，隆于武德矣。方之侍卫，岂徒伯仲。此固君所得于天者独深，抑岂非致力于意境之效也。至君词之体裁，亦与五代北宋为近。然君词之所以

为五代北宋之词者，以其有意境在。若以其体裁故，而至遽指为五代北宋，此又君之不任受。固当与梦窗、玉田之徒，专事摹拟者，同类而笑之也。

光绪三十三年十月，山阴樊志厚叙。

①《浣溪沙》："天末同云黯四垂，失行孤雁逆风飞。江湖寥落尔安归？陌上金丸看落羽，闺中素手试调醯。今宵欢宴胜平时。"

②《蝶恋花》："昨夜梦中多少恨。细马香车，两两行相近。对面似怜人瘦损，众中不惜搴帷问。陌上轻雷听隐辚。梦里难从，觉后那堪讯？蜡泪窗前堆一寸，人间只有相思分。"

③《蝶恋花》："百尺朱楼临大道。楼外轻雷，不问昏和晓。独倚阑干人窈窕，闲中数尽行人小。一霎车尘生树杪。陌上楼头，都向尘中老。薄晚西风吹雨到，明朝又是伤流潦。"

〖壹玖〗欧公《蝶恋花》："面旋落花"云云[①]，字字沉响，殊不可及。

①欧阳修《蝶恋花》："面旋落花风荡漾。柳重烟深，雪絮飞来往。雨后轻寒犹未放，春愁酒病成惆怅。枕畔屏山围碧浪。翠被华灯，夜夜空相向。寂寞起来搴绣幌，月明正在梨花上。"
——（据《欧阳文忠公近体乐府》卷二）

〖貳〇〗《片玉词》："良夜灯光簇如豆"①一首，乃改山谷《忆帝京》词②为之者。似屯田最下之作，非美成所宜有也。

①周邦彦《青玉案》："良夜灯光簇如豆。占好事今宵有。酒罢歌阑人散后。琵琶轻放，语声低颤，灭烛来相就。玉体偎人情何厚。轻惜轻怜转唧𠴲。可散云收眉儿皱。只愁彰露，那人知后，把我来僝僽。"（据《清真集·补遗》）

②黄庭坚《忆帝京》（私情）："银烛生花如红豆。占好事而今有。人醉曲屏深，借宝瑟轻招手。一阵白蘋风，故灭烛教相就。花带雨冰肌香透。恨啼乌辘轳声晓，岸柳微凉吹残酒。断肠时至今依旧。镜中消瘦。那人知后，怕夯你来僝僽。"（据《彊村丛书》本《山谷琴趣外编》卷之二）

③杨易霖《周词订律补遗》上本词后注云："王静安先生云：'此词乃改山谷《忆帝京》词为之者，决非美成作。'案：《绿窗新话》引《古今词话》，淮海《御街行》词与美成此词亦多相合，未知孰是。"似杨氏亦曾悉先生有此语，惟不知所见之处耳。

〖貳壹〗温飞卿《菩萨蛮》："雨后却斜阳，杏花零落香。"①少游之"雨馀芳草斜阳，杏花零落（当作'乱'）燕泥香。"②虽自此脱胎，而实有出蓝之妙。

①温庭筠《菩萨蛮》："南园满地堆轻絮，愁闻一霎清明雨。雨后却斜阳，杏花零落香。无言匀睡脸，枕上屏山掩。时节

欲黄昏,无聊独闭门。"(据《金荃词》)

②秦观《画堂春》(或刻山谷年十六作):"东风吹柳日初长。雨馀芳草斜阳。杏花零乱燕泥香。睡损红妆。宝篆烟消龙凤。画屏云锁潇湘。夜寒微透薄罗裳。无限思量。"(宋本《淮海长短句》不载,据汲古阁刻本《淮海词》)

〖贰贰〗白石尚有骨,玉田则一乞人耳。

〖贰叁〗美成词多作态,故不是大家气象。若同叔、永叔虽不作态,而一笑百媚生矣。此天才与人力之别也。

〖贰肆〗周介存谓白石以诗法入词,门径浅狭,如孙过庭书,但便后人模仿。予谓近人所以崇拜玉田,亦由于此。

〖贰伍〗予于词,五代喜李后主、冯正中而不喜《花间》。宋喜同叔、永叔、子瞻、少游而不喜美成。南宋只爱稼轩一人,而最恶梦窗、玉田。介存《词辨》所选词,颇多不当人意。而其论词则多独到之语。始知天下固有具眼人,非予一人之私见也。

王国维生平

1877年，丁丑，光绪三年。

12月3日（旧历十月二十九日），出生于浙江省海宁州城内（今海宁市盐官镇）双仁巷王氏旧宅。初名国桢，后改国维，字静安（庵），又字伯隅，号礼堂、观堂、永观。海宁王氏乃当地书香世家。

1886年，丙戌，光绪十二年，十岁。

全家迁居城内西南隅周家兜新宅，此处后成为王国维故居纪念馆。

1892年，壬辰，光绪十八年，十六岁。

7月，入州学，参加海宁州岁试，以第二十一名高中秀才。

1893年，癸巳，光绪十九年，十七岁。

3月，赴省城杭州应乡试不中，肄业于杭州崇文书院。

1894年，甲午，光绪二十年，十八岁。

中日甲午战起，清军战败，极为震动。始知世有新学。

1895年，乙未，光绪二十一年，十九岁。

11月28日，与莫氏成婚。

1897年，丁酉，光绪二十三年，二十一岁。

9月，赴杭州再次参加乡试，不中。从1895年至此，撰成《咏史》诗二十首。1928年始发表于《学衡》杂志第66期，主编吴宓称之"分咏中国全史，议论新奇而正大"。

1898年，戊戌，光绪二十四年，二十二岁。

2月，至上海任《时务报》书记。此举为其一生事业之始。3月22日，罗振玉等创办的东文学社开课，王氏入东文学社学习，受业于藤田丰八等，渐为罗振玉所器重。7月，因患脚气病，回籍治疗。10月下旬，病愈后返沪，《时务报》因倡导变法已被清政府勒令停刊，遂失去工作，罗振玉引之入东文学社，使其负责庶务，免缴学东文各费，半工半读。是年，撰《曲品新传奇品跋》、《杂诗》三首。

1899年，己亥，光绪二十五年，二十三岁。

东文学社迁至江南制造局前之桂墅里，罗振玉委王国维为学监后，其与同学关系不洽，旋免其职，但薪俸照给。学社除日文外，始兼授英文及数理化各科。王氏攻读甚勤。从日本教员田冈文集中，始知汗德（即康德）、叔本华，并萌研治西洋哲学之念。是年，河南安阳小屯发现殷商甲骨文。代罗振玉为东文学社影印日人那珂通世所撰之《支那通史》撰序、为日人桑原骘藏《东洋史要》撰序。

1900年，庚子，光绪二十六年，二十四岁。

夏，庚子国变发生，东文学社因之而提前让学生毕业，秋间停办。王氏毕业返里，在家中自习英文。秋，返沪，罗振玉请其译《农报》，自谓译才不如沈纮而荐其任之。不久，罗振玉应张之洞之邀，至武汉任湖北农务局总理兼农务学堂监督（即校长）。是年撰《欧罗巴通史序》，译《农事会要》。

1901年，辛丑，光绪二十七年，二十五岁。

春，应湖北农务学堂监督罗振玉的邀请赴武昌，为该校译述讲义及农书。5月，罗振玉在上海创办《教育世界》杂志，又聘王国维任主编。秋，罗振玉辞农务学堂监督，王国维亦辞该校职务。罗赠王以川资助其赴日留学。是年，撰《崇正讲舍碑记略》，译《教育学》。

1902年，壬寅，光绪二十八年，二十六岁。

春，遍读社会学、心理学、论理学（即逻辑学）、哲学等书。夏，张謇在通州（今南通市）创办通州师范学堂，欲聘一心理学、哲学、伦理学教员。经罗振玉推荐，聘请王国维往任之。校方本想订三年之聘约，王、罗商议后同意一年之聘期。是年译《教育学教科书》、《算术条目及教授法》。

1903年，癸卯，光绪二十九年，二十七岁。

3月，受聘至通州师范学堂任教。5月15日，通州师范学堂正式开学。王国维到校后，即着手备课。开学后边教边学，通读叔本华、康德之书。是年撰《哲学辨惑》、《论教育之宗旨》、《汗德像赞》。译《西洋伦理学史要》。

1904年，甲辰，光绪三十年，二十八岁。

8月，罗振玉在苏州创办江苏师范学堂，自任监督，藤田丰八为总教习，王国维来校任教，主讲心理学、伦理学、社会学、哲学等课。课余仍钻研叔本华思想，并深受其影响。是年撰《孔子之美育主义》、《就伦理学上之二元论》（后易名为《论性》）、《教育杂感》四则、《叔本华之哲学及其教育学说》、《国朝汉学派戴阮二家之哲学说》、《红楼梦评论》、《书叔本华遗传说后》、《叔本华与尼采》、《释理》。

1905年，乙巳，光绪三十一年，二十九岁。

1906年，丙午，光绪三十二年，三十岁。
春，随罗振玉进京，暂住罗家。4月，集数年间（1904—1906）所填词61阕成《人间词甲稿》刊行。8月，其父王乃誉病故，奔丧归里，此后王国维即在家乡守制。是年撰《奏定经学科大学文学科大学章程书后》、《原命》、《去毒篇（鸦片烟之根本治疗法及将来教育上之注意）》、《纪言》、《论普及教育之根本办法（条陈学部）》、《教育小言十则》、《文学小言》十七则、《屈子文学之精神》。

1907年，丁未，光绪三十三年，三十一岁。
经罗振玉向学部尚书蒙古人荣庆推荐，王国维于4月赴京，在学部总务司行走，任学部图书馆编辑，主编译及审定教科书等事。撰《三十自序》两篇。陈元晖认为："他的《三十自序》是与哲学诀别的'诀别书'，对自己思想的转变，和盘托出，使人一目了然。"7月下旬，夫人莫氏病危，闻讯即返里，25日抵家。8月4日，夫人卒，年仅三十四岁。办完丧事，于9月北上回到任所。11月，汇集1906年5月至1907年10月间所填词43阕，成《人间词乙稿》。是年撰《教育小言》十三则、《人间嗜好之研究》、《三十自序一、二》、《论小学校唱歌科之材料》、《教育小言》十则。

1908年,戊申,光绪三十四年,三十二岁。

1、2月间,继母叶太夫人病故,奔丧返里。3月,与继室潘夫人完婚。4月,携眷北上返京,赁宅于宣武门内新帘子胡同。7月,辑《唐五代二十家词辑》,全书二十卷,每家之后皆有跋语,说明其根据。8月,撰《词录》及《词录序例》,搜集词目,自唐五代迄元,存佚并录,且作考订。撰《〈词林万选〉跋》。9月,辑《曲录》初稿二卷,为其研究戏曲史提供了材料。10月,译著《辨学》一书刊出。12月,在《国粹学报》第47期刊出《人间词话》前21则,提出"境界"说。作《古代名家画册叙》(1909年刊行时易名为《中国名画集》)。是年撰,《曲品新传奇品跋》。

1909年,己酉,宣统元年,三十三岁。

1月,撰《罗懋登注拜月亭跋》。年初,在《国粹学报》第49期、第50期连刊《人间词话》43则。

1910年,庚戌,宣统二年,三十四岁。

1月,校《录鬼簿》。3月,读《元曲选》,并以《雍熙乐府》校之。9月,考定旧钞本《续墨客挥犀》非彭乘所撰,并作《续墨客挥犀跋》。10月,将已刊《人间词话》64则进行修订,并加附记(此稿由俞平伯于1925年标点,次年朴社出版。此为此书最早之单行本)。12月,草《清真先生遗事》、《古剧脚色考》。

1911年，辛亥，宣统二年，三十五岁。

2月，为罗振玉创办之《国学丛刊》作序，提出"学无新旧也，无中西也，无有用无用也"观点。校《梦溪笔谈》、《容斋随笔》。3月，校《大唐六典》，并作跋。春，撰《隋唐兵符图录附说》，此为其治古器物学之始（1917年又订正之，成《隋虎符跋》、《伪周二虎符跋》）。7月，撰《唐写本太公家教跋》。10月10日辛亥革命爆发，12月，罗振玉、王国维各率全家避居日本，居京都田中村，侨居日本达五年之久。从此，其治学转而专攻经史小学。

1912年，壬子，民国元年，三十六岁。

罗振玉藏书运抵日本，存京都大学，王国维与其一同整理，因与日本学者相过从，而藤田博士又是旧友，王国维东渡后始弃前所治诸学，专攻经史小学。春，草《简牍检署考》。夏，作《双溪诗余跋》。9月，撰成《古剧脚色考》。10月，《简牍检署考》撰成。

1913年，癸丑，民国二年，三十七岁。

1月，撰成《宋元戏曲考》，并作序（后易名为《宋元戏曲史》）。春，撰《宋椠大唐三藏取经诗话跋》。4月着手草《明堂寝庙通考》。5月，集1912年和1913年所作诗成《壬癸集》。夏，作《译本琵琶记序》。秋，撰《释币》（原名《布帛通考》）、《唐写本兔园册府残卷

跋》。9月辑《齐鲁封泥集存》，并作序。10、11月间，撰《秦郡考》、《汉郡考》。

1914年，甲寅，民国三年，三十八岁。

2月，与罗振玉合撰《流沙坠简》，并为之作序，此为王国维研究西北古地理的第一篇著作。4月又作《流沙坠简后序》。5月，又成《补遗》一卷，附于书后。6月，代罗振玉撰《国学丛刊序》（后易名为《雪堂丛刻》）。撰《宋代金文著录表》，并作序。7月，读潘祖荫《攀古楼彝器款识》，并作跋。9月，撰《国朝金文著录表》六卷，并作序。10月，为罗振玉校写《历代符碑图录》、《嵩里遗珍》、《四朝钞币图录》等书序目。岁末，罗振玉撰《殷虚书契考释》，王国维为之校写，并作序和后序。

1915年，乙卯，民国四年，三十九岁。

2月，撰《殷虚书契》一、二卷释文，作《洛诰解》。3月，写成《鬼方昆夷玁狁考》（初名《古代外族考》）。中旬，携眷返国。4月上旬，罗振玉亦归国扫墓，二人会于上海。中旬，经罗振玉介绍与沈曾植相识于上海，多有往还，商榷古音韵之学。下旬，携长子随罗振玉去日本。撰《不期敦盖铭考释》。5月，撰成《三代地理小记》，后改订为《说自契至于成汤八迁》、《说商》、《说亳》等数篇。8月，撰成《胡服考》一卷。10月撰《元刊杂剧三十种序录》，又撰《古礼器略说》，后改订为《说俎》、

《说盉》等数篇。11月,作《与林浩卿博士论洛诰书》。12月,撰《生霸死霸考》。

1916年,丙辰,民国五年,四十岁。

1月,作《再与林博士论洛诰书》。2月,携长子回国,至上海,应哈同之聘,主管《学术丛编》。撰成《史籀篇疏证》。3月,将历年所补释《流沙坠简》各条写定为《补正》一卷。继又撰《史籀篇疏证》序、《周书顾命考》及序。4月,撰《殷礼征文》、《释史》、《乐诗考略》(后重订为《释乐次》、《周大武乐章考》、《说勺舞象舞》、《说周颂》、《说商颂》、《汉以后所传周乐考》),草《毛公鼎考释》、《魏石经考》。5月,作《大元马政记跋》,校《水经注》,《毛公鼎考释》定稿,并作序。8月中旬,酝酿作《汉魏博士考》。9月,撰成《魏石经考》、《周书顾命后考》。10月,撰《汉魏博士考》三卷、《元秘书监志跋》、《隋志跋》。秋,撰《彊村校词图序》。11月,撰《汉代古文考》。12月,撰《尔雅草木虫鱼鸟兽释例》。

1917年,丁巳,民国六年,四十一岁。

1月下旬,受罗振玉之邀至日本。2月归国,始草《殷卜辞中所见殷先公先王考》、《太史公年谱》。4月,返海宁扫墓。撰成《殷卜辞中所见先公先王续考》及序。5月,撰《古本竹书纪年辑校》,并作《自序》,又撰《殷文存

序》。6月，撰《今本竹书纪年疏证自序》，编就《戬寿堂所藏殷虚文字》及序，作《戬寿堂所藏殷虚文字考释》。7月，撰《玉溪生诗年谱会笺序》。8月作《唐韵别考》。9月，草成《殷周制度论》、《汉书艺文志举例后序》、《两周金石文韵读》。入秋，检古书古器物，题跋甚多，如《楚公钟跋》、《书论语郑氏注残卷后》、《唐尺考》、《裴岑纪功刻石跋》、《商三句兵跋》等。10月，撰《江氏音学跋》。11月，撰《韵学馀说》，又汇集近数年间所撰文，成《永观堂海内外杂文》。12月，据《唐语林》以校《封氏闻见记》。

1918年，戊午，民国七年，四十二岁。

1月，校《尚书孔传》、《方言》等。去年底，北京大学蔡元培委托马衡与王国维联系，欲聘其前往北大任教。经与沈曾植商量，今拒绝之。2月，校《净土三部经音义》。3月，以大徐《说文》音校《唐韵》反切，乃拟重订《唐韵校记》。4月，校《一切经音义》。6月，钞毕并校定《唐韵校记》。7月，再次辞谢北京大学邀任教授之聘，为罗振玉《雪堂校刊群书叙录》作序。9月，作《释环玦》、《释珏释朋》、重辑《苍颉篇》。是月，日本京都大学教授欲延其赴校任教，为其婉辞。10月，撰《校松江本急就篇序》、《释由》。11月草《随庵吉金图序》。12月，改定前所撰《唐韵别考》、《音学馀说》，合为《声韵续考》一卷，以补戴氏《声韵考》。

1919年，己未，民国八年，四十三岁。

1月，撰《书郭注方言后》（一、二、三）、《书郭注尔雅后》。2月，抄录《书契后编》上卷释文、撰《齐侯壶跋》、《齐侯二壶跋》。3月，撰《徐俟斋先生年谱》，作《沈乙庵先生七十寿序》。4月，罗振玉携眷归国，与王国维会于上海。伯希和在上海与罗、王会见，商谈学术。6月，作《音学五书跋》。7月，作《唐写本老子化胡经跋》。8月，作《重校定和林金石录》、《摩尼教流行中国考》、《敦煌石室碎金跋尾》（含《唐写本残职官书跋》）等数十篇跋，均参考友人狩野直喜所录英国伦敦博物馆所藏敦煌唐写本而作。9月，撰《西胡考》（上、下）及《西胡续考》、《西域井渠考》。秋，撰《曹夫人绘观音菩萨像跋》、《于阗公主供养地藏菩萨画像跋》等。因脚气病发作，赴天津罗振玉处养病，11月初始返沪，并接受《浙江通志》聘约，与张尔田共同负责寓贤、掌故、杂记、仙释、封爵五门的撰述，撰《两浙古刊本考》及《乾隆浙江通志考异》。10月至11月，作《高昌宁朔将军麹斌造寺碑跋》、《书虞道园高昌王世勋碑后》、《重辑仓颉篇自序》。12月，撰《九姓回鹘可汗碑图记》、《九姓回鹘可汗碑跋》。

1920年，庚申，民国九年，四十四岁。

本年继续为蒋氏编藏书志，并校阅多种古籍，并作《顾刻广韵跋》、《敦煌发现见唐朝之通俗诗及通俗小

说》、《残宋本三国志跋》、《魏曹望憘造象跋》、《影宋本孟子音义跋》、《日本宽永本孔子家语跋》。

1921年，辛酉，民国十年，四十五岁。

年初，马衡受北京大学委托，再次邀请王国维出任北大文科函授教授，为其所拒。继续为蒋编藏书。春，作《与友人论〈诗〉〈书〉中成语书》（一、二）。5月，将数年间所写经史论文，删繁挹华，辑成《观堂集林》二十卷，由乌程蒋氏出资刊行。

1922年，壬戌，民国十一年，四十六岁。

年初，王国维允任北京大学研究所国学门通讯导师，以"无事而食，深所不安"为由，未受酬金。1月，作《宋刊后汉书郡国志残叶跋》、《兮甲盘跋》、《汉南吕编磬跋》等。2月，北京大学马衡集资影印王国维于上年所辑之《唐写本切韵残卷三种》。3月，撰《两浙古刊本考》及序。5月，顾颉刚来访，后多有书信往还问业。8月，草成《古监本五代两宋正经正史考经》一卷，为蒋汝藻撰《传书堂记》。致书马衡，询以研究科章程、研究生人数、研究项目等事。为罗振玉撰《库书楼记》。12月，为北京大学研究所国学门拟就"研究发题"寄沈兼士。不久，又致书马衡，建议大学开设"满蒙藏文讲座"并建议派遣有史学根基者出国深造。致书北大研究所国学门何之兼等同学，条陈所询事宜。

1923年，癸亥，民国十二年，四十七岁。

2月，撰《刺鼎跋》、《父乙卣跋》、《肃忠王神道碑》。寒假，仓圣明智大学解散，王国维所任《学术丛刊》编辑及该校教授至此结束。2月下旬因事返海宁故里。3月，撰《高邮王怀祖先生训诂音韵书稿叙录》。4月，为乌程蒋氏编藏书志基本结束，历时近四载，编成经、史、子三部，集部至元末，明则为草稿。5月，离沪取海道北上，31日到达北京，出任逊帝溥仪之"南书房行走"。6月4日，觐见溥仪。7月初，撰《殷虚文字类编序》，后校《抱朴子》。始草《魏石经续考》。夏，撰《梁伯戈跋》。9日，重订《秦公敦跋》。11月，受溥仪命，清查景阳宫等处藏书，作《明钞本北磵集跋》。12月初，《观堂集林》二十卷样本印成。是年，撰《肃霜涤场说》。

1924年，甲子，民国十三年，四十八岁。

3月，法人伯希和寄来其手录敦煌所出韦庄《秦妇吟》全卷，取与另本相校，作《唐写本韦庄秦妇吟又跋》，撰《论政学疏》，作《聚珍本戴校水经注跋》。4月，与蒋汝藻书，言及北京大学研究所友人欲请其出任国学门研究室主任，而自己不愿就任。5月，撰成《明内阁藏书目录跋》、《散氏盘考释》及跋。6月，作《金文编序》、《吴王夫差监跋》。9月，罗振玉入值南斋，至京，住王国维家。后又与罗氏共检理内府藏书。近年，与胡适往还书信，商讨学问。11月，冯玉祥部"逼宫"，命溥仪迁出紫

禁城。王国维随驾前后,并因此而写下"艰难困辱,仅而不死"之言。

1925年,乙丑,民国十四年,四十九岁。

2月,清华校长曹云祥委任吴宓为研究院筹备主任,吴宓亲往聘王国维。王国维在请示溥仪后就任。此后治学转入西北地理及元史。9月14日,国学研究院"普通演讲"正式开始,王国维开讲的第一堂课为《古史新证》。10月15日,加授《尚书》课程。是月,草《鞑靼考》、《鞑靼年表》、《元朝秘史地名索引》。11月,撰《蒙文元朝秘史跋》。

1926年,丙寅,民国十五年,五十岁。

2月,撰《黑鞑事跋》,校阅《亲征录》。21日,赴天津,为溥仪祝寿。4月,撰《圣武亲征录校注序》,26日,清华批准印其丛书,即《蒙古史料四种校注》。在《清华十五周年纪念增刊》发表《耶律文正年谱馀记》,在《实学》第1期发表《黑鞑事略序》。5月,写定《长春真人西游记校注》及序,刊出《圣武亲征录校序》。6月发表《鞑靼考》、《长春真人西游记注序》。7月26日,为燕京华文学校讲演《中国历代之尺度》。9月上旬,研究院新学年开学,王国维每周讲演《仪礼》两小时,《说文》一小时;指导研究学科范围为:(1)经学(含《书》、《礼》、《诗》),(2)小学(含训诂、古文字学、古音韵学），（3）上古史，（4）金石学，（5）中国文学。10月，其长子病逝，与罗振玉发生误会。撰成《桐乡徐氏印谱序》。11月下旬，为北京历史学会讲演《宋代之金石学》。

1927年，丁卯，民国十六年，五十一岁。

1月，撰成《南宋人所传蒙古史料考》。2月，撰《元朝秘史之主因亦儿坚考》。3月，撰《金长城考》（后易名为《金界壕考》）、《水经注笺跋》。4月，编撰《清华学校研究院讲义》。5月12日，出席清华史学会成立会，并致辞。6月1日，清华国学研究院第二班毕业，中午参加研究院师生叙别会，午后访陈寅恪先生。6月2日上午，告别清华园，到颐和园内的鱼藻轩前，自沉于昆明湖。在其内衣口袋内发现遗书，（封面书曰："送西院十八号王贞明先生收"）云：

"五十之年，只欠一死；经此世变，义无再辱！我死后，当草草棺殓，即行稿葬于清华园茔地。汝等不能南归，亦可暂于城内居住。汝兄亦不必奔丧，因道路不通，渠又不曾出门故也。书籍可托陈（寅恪）、吴（宓）二先生处理。家人自有人料理，必不至不能南归。我虽无财产分文遗汝等，然苟能谨慎勤俭，亦不至饿死也。五月初二日，父字。"

6月3日，入殓，停灵于成府街之刚秉庙，7日，罗振玉来京为其经营丧事，16日举办悼祭。8月14日，安厝于

清华园东二里许西柳村七间房之原。1929年6月,清华立"海宁王静安先生纪念碑",碑文由陈寅恪撰,林志钧书丹,马衡篆额,梁思成设计。碑文如下:

"海宁王先生自沉后二年,清华研究院同人咸怀思不能自已。其弟子受先生之陶冶煦育者有年,尤思有以永其念。佥曰,宜铭之贞珉,以昭示于无竟。因以刻石之词命寅恪,数辞不获已,谨举先生之志事,以普告天下后世。其词曰:士之读书治学,盖将以脱心志于俗谛之桎梏,真理因得以发扬。思想而不自由,毋宁死耳。斯古今仁圣所同殉之精义,夫岂庸鄙之敢望。先生以一死见其独立自由之意志,非所论于一人之恩怨,一姓之兴亡。呜呼!树兹石于讲舍,系哀思而不忘。表哲人之奇节,诉真宰之茫茫。来世不可知者也。先生之著述,或有时而不章。先生之学说,或有时而可商。惟此独立之精神,自由之思想,历千万祀,与天壤而同久,共三光而永光。"

是年,编成《海宁王忠悫公遗书》四集,1940年由赵万里、王国华合编之《海宁王静安先生遗书》刊行,1983年上海古籍书店又据此刊本影印,名为《王国维遗书》,1984年中华书局始出版《王国维全集》,但仅出《书信》一册。在台湾,1976年大通书局影行《王国维先生全集》,为目前收罗最为完备之本。